Ya que no se deja dar uno
de verdad, al menos llévese
este de Dick, mi primo

Fernando

1-92

Un beso de Dick

Seix Barral Biblioteca Breve

Un beso de Dick
Fernando Molano Vargas

Diseño colección: Josep Bagà Associats

© Herederos Fernando Molano Vargas, 2019
© Editorial Planeta Colombiana S. A., 2019
Calle 73 n.º 7-60, Bogotá
www.planetadelibros.com.co

ISBN 13: 978-958-42-7745-9
ISBN 10: 958-42-7745-6

Primera edición: mayo de 2019

Impreso por Colombo Andina de Impresos S. A. S.

ÍNDICE

PRÓLOGO
UN BESO PARA FERNANDO

Felipe, el narrador y protagonista de *Un beso de Dick,* quiere hacer, cuando sea grande, una película. Es la historia de un amor temeroso y difícil de declarar, como es siempre el amor de los adolescentes. Una noche en que va por la calle, el muchacho de la historia decide por fin llamar a la muchacha que ama para contarle de su amor, pero apenas termina la llamada —a las 8:16, porque la chica anota la hora en su diario— y ya sabe que ella también lo quiere, el chico encuentra la muerte a manos de unos ladrones que buscan robarle su reloj o cualquier cosa que tenga (porque no tiene reloj). En esa escena final de la hipotética película se condensan los grandes asuntos de la obra de Fernando Molano Vargas: el amor, la muerte y el tiempo. O, para ser más precisos, un amor cuyos límites, pero también su trascendencia, se colma de significado por la existencia del tiempo y la muerte.

En la imaginación de Felipe la historia de su película da muchas vueltas, que son como espejos o comentarios de lo que él mismo está viviendo: su pasión por Leonardo, el compañero de clases y de juegos. Al final de la novela, en una conversación con su tía que vino de Medellín, Felipe prueba finales y desenlaces para su película y sus personajes. La tía le pregunta cómo sería si fuera una historia entre dos muchachos. Y Felipe le responde que sería chévere, aunque Leonardo le ha dicho que eso no sería bueno: "porque todo el mundo pensaría que es... como una historia de maricas. Y no una historia de amor".

Entonces uno como lector se reconoce en su lectura y corrige al narrador. Y tiene la certeza de que lo que ha leído hasta ahora, en la novela, sí es una historia de amor (y no *solo* una historia de maricas), y de un primer amor. Por tanto, uno ha leído también eso que llaman una novela de formación, pero con la novedad de que se trata de un amor entre dos muchachos. Al aprendizaje del amor se suma otro, más terrible: el de la diferencia y la marginalidad. Y así, detrás de la aparente inocencia del narrador y de la novela, van apareciendo las preguntas propias de una literatura plenamente consciente de sí misma y de su designio. Qué se narra. Y cómo. Y cuáles son las experiencias y realidades que esta literatura nombra por primera vez. Y dentro de qué tradición sucede ese acto de nombrar. Y a quién nombró o para quién fue escrita.

Cuando como lector se tiene la íntima convicción de que un libro fue destinado a uno sucede un milagro que es como el de la amistad que se elige. Uno ha sido elegido para ser leído por un libro que eligió leer. ¿Por qué elegí ser elegido por Fernando Molano Vargas? Cuando en los años noventa leí *Todas mis cosas en tus bolsillos* vi proyectado en ese pequeño volumen de poemas mi propia vida presente y futura: el VIH, la morbidez de la muerte, el amor por los muchachos, las ceremonias y derrotas del deseo. Después, para sellar ese pacto de amistad entrevista, vinieron sus novelas. Vi a Fernando como un hermano mayor y me vi a mí mismo como alguien destinado a durar más (¿a vivir menos?). Vi a Fernando como Felipe vio a Hugo. Si usted no sabe quién es Hugo tiene que elegir seguir leyendo.

En *Un beso de Dick* Felipe y Leonardo son amigos... y novios... y lectores. Ellos leen con ese asombro propio de los adolescentes, que los involucra totalmente en lo leído. Leen para reconocerse en el espejo de la literatura. Felipe dice haber leído, de un tirón, el *Oliver Twist*. En su segunda novela, *Vista desde una acera*, Fernando amplía el guiño y da mayores referencias sobre su vínculo personal, o el del narrador —que en este caso es lo mismo— con la novela de Charles Dickens. Y es así como gracias a aquella obra, publicada póstumamente, conocemos más del horizonte estético y político del autor de *Un beso de Dick*; el título mismo de su primera novela se llena de nuevos sentidos.

El narrador de *Vista desde una acera* nos cuenta de un día que andaba muy melancólico y pidió, en la Biblioteca Luis Ángel Arango, el volumen de Dickens donde estaba *Oliver Twist*; al contrario del personaje de su primera novela, que leyó el libro del escritor inglés sin parar, el de su segunda novela se detuvo en el beso de Dick, sin casi poder pasar de ahí, obnubilado por esa revelación, conmovido por ver su imagen en el espejo.

" (...) cuando llegué al final del capítulo VII, quedé congelado sobre la página. Casi no lo creía: allí Oliver se dio un beso con otro niño, con su mejor amigo, Dick. Y se abrazaron.

Supongo que nadie recordará esa escena. Al menos, como la recuerdo yo. Porque, claro, solo yo tengo mi corazón. Y supongo que si alguien la leyó, solo habrá visto a dos niños diciéndose adiós; Oliver porque se iba a Londres, Dick porque se iba a morir, y lo sabía.

Yo vi otra cosa: dos niños que se besaban, dos niños que se querían.

(...) Lo cierto es que aquel día no pude salir de esa página. Pero... ¿saben ustedes lo que es irse uno sobre patines por una calle cuesta abajo? Bueno, así se fueron mis ojos entre las páginas de ese libro a la mañana siguiente, no tanto por conocer las venturas y desventuras de Oliver, sino buscando el capítulo en que por fin él regresaría por Dick. Lo encontré a la tercera mañana, capítulo LI, última línea: "¡El pobre Dick había muerto!". Solo restaban dos capítulos para terminar el libro. Nunca los leí.

(...) No es que yo fuera entonces un crítico literario ni mucho menos, pero al abandonar el libro pensé que, de ser Dickens, yo habría contado la historia de Dick y no la de Oliver.

Y toda la vida me quedé pensando en lo lindo que sería poder uno escribir alguna historia, en la que dos niños se amaran de verdad. Y uno de ellos recordara a Dick".

Ese libro ya se había escrito… en Bogotá, entre agosto de 1989 y abril de 1990. Ese libro —el acto de justicia poética de un autor conmovido e insatisfecho con la lectura de otro libro— es *Un beso de Dick*. Y ese autor era Fernando Molano Vargas.

Con *Un beso de Dick* Fernando empezó a tomar partido dentro de una tradición literaria que él experimentaba como frustrante o al menos deficitaria: la de las historias de amor entre hombres. Pero sus afectos y energía creativa no se agotan en ese gesto o decisión. Fernando está también poniéndose del lado de los vencidos y olvidados; no solo le van a interesar los hombres que se aman entre sí sin casi atreverse a nombrar ese amor, sino todos los que mueren (olvidados), como él mismo moriría. De ellos va a escribir, de los que son como Dick, y de su deseo. Su literatura es no solo un programa creativo donde lo ético y lo estético se entrecruzan sin posibilidad de distinción, sino una conmovedora manera de predecir, conocer y aceptar su propio destino: amar contra el tiempo, crear con la muerte "pegada a mis talones, / soplándome su vaho en los carrillos", tal como escribiría en su magnífico poema *VIH*.

Un beso de Dick empieza con la invocación de un muerto, de Hugo, otro compañero del narrador. Y es como si todo el deslumbrante erotismo de esta novela se desplegara sobre esa ausencia: la de un primer muchacho, la de Hugo. "De verdad: lo que yo más quisiera es sacar a Hugo del cementerio y abrazarlo. Así: con todos sus gusanos. Para que él sepa que yo lo quiero. Todavía". Pero Hugo va desapareciendo a medida que Leonardo, o el deseo por Leonardo, ocupa todos los pensamientos de Felipe. Aunque Hugo permanece como fantasma y guardián. [¿El guardián en el centeno? ¿Y si Hugo fuera como ese *catcher* de Salinger que agarra a todos los niños que juegan en el campo de centeno para evitar que caigan en el precipicio donde él está?]. La muerte observa a estos dos muchachos, Leonardo y Felipe, que se aman tanto y de tal manera que la desafían y que tientan al mismo Dios. Porque es Dios aquello en que a Felipe se le ocurre pensar cuando hace el amor, por primera vez, con Leonardo. De tal manera el juego erótico los trasciende: "Dios debe estar mirándonos desde arriba: como un espejo en el techo".

Se ha repetido, hasta volverse un lugar común, que *Un beso de Dick* es una novela espontánea e ingenua, como si estas no fueran virtudes, logros de un estilo muy trabajado. Ser espontáneo e ingenuo es intervenir, de una forma muy concreta, una tradición literaria como la colombiana determinada por la solemnidad, el engolamiento y la militancia. En una entrevista radial que le hiciera a Fernando en 1993 uno de sus mentores, el profesor David Jiménez Panesso, este le pregunta al autor si reconoce unos antecedentes en la literatura colombiana. "Cuando yo estaba en el colegio buscaba literatura en que existieran historias de amor gay (...) el primer texto colombiano que encontré es una novela que se llama *Te quiero mucho poquito nada*, de Félix Ángel, un autor antioqueño, y la encontré en la Biblioteca Luis Ángel Arango, recuerdo, y la leí allí. Después de eso he vuelto a encontrar las novelas de Fernando Vallejo, *El fuego secreto*. Aparte de eso, poemas… he leído los poemas de Gómez Jattin. Creo que tradición no es… se tiende a pensar que un relato porque hable de un amor homosexual deba fundar un género específico de novela. Yo más bien pienso que existe una tradición de novelas que tratan de amor. Personalmente me parece intrascendente que sea un amor homosexual o heterosexual".

Cuando el profesor Jiménez Panesso le pregunta si él preferiría subrayar los parentescos o las distancias con esta *tradición literaria* Fernando responde: "Yo preferiría subrayar las distancias (...) Al leerlos sentí algo que no me gustó y es que eran obras que trataban de una especie de militancia con lo gay. A mí esa idea me parece estúpida. Nunca he pensado que yo deba militar en una causa a favor de los gais. Simplemente a lo que aspiro es a vivir mi vida. Más nada. (...) Pero no deseo convencer a nadie de asumir un tipo de vida o un tipo de amor semejante al que yo vivo".

Fernando vuelve natural —espontáneo, ingenuo— lo que en buena parte de la literatura anterior había existido con la marca de lo monstruoso. No obstante, y aunque para los dos muchachos de la novela su amor no conlleva culpa o remordimiento, el medio social y cultural en el que viven no ve ese amor de la misma manera. *Un beso de Dick* está lejos de ser la utopía de un amor homosexual libre de obstáculos:

[SPOILER ALERT] Felipe es descubierto por el celador del colegio donde estudia y sometido al escarnio de las preguntas sobre su deseo que le hacen el prefecto y la psicóloga. Luego es golpeado por su padre, quien accidentalmente riega ácido en sus ojos. Felipe paga un precio semejante al de Edipo por transgredir lo que su padre llama el orden natural. [FIN DEL SPOILER].

La inteligencia de Fernando es saber dosificar la hostilidad del entorno y darle paso también a la complicidad y la bondad. La tía de Medellín es el personaje que encarna la aceptación del deseo del otro; es por eso que con ella Felipe se permite fabular sobre su película, incluso pensar en que esta podría ser una historia de maricas. Y pensar finales alternativos, más tristes o más felices, para el amor de los protagonistas de su película, y agregar nuevos personajes a *su* ficción, incluso meterse él mismo dentro de ella hasta lograr borrar la frontera convencional entre arte y vida. Por debajo de la espontaneidad y la frescura o, más bien, sin ninguna contradicción con esa ingenuidad aparente, el autor nos entrega muchas ideas sobre lo que significa ser espectador y acerca de cómo el arte mira nuestras vidas y las modifica. Pero también de cómo modificamos lo que vemos.

Al lado de su tía se le ocurre, por ejemplo, un final en el que el muchacho de la película se muere antes de marcar el número de su enamorada. O que cuando aparece la palabra FIN resulta que es el final de una película dentro de otra película. Y que en la nueva película que vemos cuando la cámara se aleja de la palabra FIN, aparece ante el espectador una sala de cine, la gente levantándose de sus sillas para irse del teatro y entre todos los espectadores un muchacho jovencito que ha visto, solo, la primera película. E imagina que ese muchacho sale a la calle y encuentra un teléfono para marcar el número de alguien a quien ama. "El caso es que este protagonista ha hecho la llamada que no pudo hacer el otro protagonista. Ahora cuelga el auricular y, ya se sabe, detrás de él hay dos tipos de mala cara, como la cara de los asesinos de la primera película. Ellos le preguntan la hora, y él les dice: '8 y 16'; pero se los dice con el gesto más feliz de este mundo: como si todavía no fuera la hora de morirse. Y allí mismo la cinta se congela, y aparece el letrero de FIN de la película de verdad…".

[¿Y que puedo hacer yo por estos dos muchachos, Felipe y Leonardo, que se aman secretamente? ¿Qué puedo hacer por Fernando, que se murió? ¿Cómo les devuelvo el cuidado que me dieron? ¿De quién voy a ser el guardián?].

Muchos lectores colombianos, y de manera muy específica muchos lectores gais, se han apropiado de *Un beso de Dick* como una obra que da nombre a su propio deseo y que al nombrarlo lo reivindica, por mucho que

Fernando haya sido renuente a dejarse encasillar en una literatura militante. Las lecturas del libro, desde las primeras que hiciera el jurado del Concurso de Novela organizado por la Cámara de Comercio de Medellín y que la premió en 1992, han modificado el libro hasta convertirlo en un objeto de culto en que los lectores han encontrado un antídoto contra el silencio, el disimulo o la vergüenza que han dominado la (no) expresión del amor homosexual. En la pasión de estos dos adolescentes, los hombres gais hemos encontrado una inspiración para figurar, y luego vivir, la ternura y la seducción que parecían proscritas del encuentro afectivo o sexual entre nosotros. Este libro, con su magnífica capacidad de producir imaginación erótica, y también los silencios y espacios vacíos para que tal imaginación se desenvuelva, nos ha salvado de nuestros destinitos fatales. Y ese acto de redención ha venido de un autor que parecía muy consciente de su propia fatalidad.

En la larguísima exposición que en la clase de español hace Leonardo sobre "Lippi, Angélico, Leonardo", el poema de Eliseo Diego, vemos desplegarse, otra vez con ingenua espontaneidad, una teoría de la lectura, o más aun, una forma de entender la interacción con el arte y su poderoso influjo en la vida cotidiana. Leonardo empieza por reivindicar la emoción sobre la técnica en su análisis del poema y le da curso a la idea de que esa emoción se puede transmitir y que él lo quiere hacer a pesar de que sabe que en la clase a nadie le gusta la poesía. Su estrategia es erotizar el poema o, más exactamente,

18

erotizar la experiencia de la lectura. Dice del poema que hay cosas que le gustaron y cosas que no. Le cuenta a sus compañeros que le gustó el final en el que se dice que hay unos ojos que no ven, pero pero que miran… que miran y aman. A Leonardo esto le hizo pensar en el momento cuando uno cierra los ojos para dar un beso, y uno como que puede ver al otro por los labios y no por los ojos. Y pensó también en que cuando a uno le gusta un poema sin entenderlo es como cuando se ama a alguien sin saber por qué.

Leonardo dice que le habló del poema a una amiga (aunque los lectores sabemos que se trata de Felipe) que sabe algo de pinturas, y que esta amiga le dijo que le parecía que el poema hablaba de un cuadro de Leonardo Da Vinci llamado *La virgen de las rocas*, que luego él y ella encontraron en un libro. El poema los lleva al cuadro y el cuadro les evoca el deseo de "….estar mirando las figuras de *La virgen de las rocas* y sentir que no es uno el que las mira, sino que son ellas las que nos miran a nosotros". Leonardo "dice que él ha sentido lo que dice el poema: que esas mujeres de las rocas, ahí tranquilas como están, nos miran con pesar y con amor, a nosotros y a las desgracias que nos pasan…".

Leonardo está contraponiendo, con encantadora llaneza, la fugacidad de la vida a la intemporalidad del arte. Pero además va a afirmar, acto seguido, que también el amor rompe la dirección del tiempo y nos provee una experiencia de plenitud. "Yo creo que eso dice el poema: que un día yo me voy a morir y ya no podré mirar más ese cuadro, pero las mujeres de las rocas van a seguir ahí mirando a otros; entonces a uno le dan ganas de estarse otro rato mirándolas, como si uno quisiera meterse en el cuadro, y estarse al lado de ellas como están esos dos niños [...]. Porque ese poema y ese cuadro a mí me han hecho pensar que cuando uno se enamora es como estar en esa pintura de las rocas. Porque el mundo sigue triste, y la gente se mata, y hay gente que lo odia a a uno [...] pero uno se enamora, y se enamora alguien de uno... y eso es como estar en un lugar como ese: donde a uno lo alumbra el sol como a esas figuras de las rocas. Y allí uno puede estar tranquilo y no sentir miedo...".

Y así, con destellos como estos, es que la novelita ingenua y espontánea de Fernando nos va revelando su madurez y su universalidad. El cuadro de Da Vinci seguramente se inspiró en modelos de la Italia renacentista que sirvieron para evocar historias bíblicas. Pero atravesando las capas del tiempo y el espacio, ese cuadro —y también el poema que inspiró— permitió a dos jóvenes adolescentes que se amaron sin culpa pero con miedo, superar provisionalmente su condición transitoria, mortal. Leonardo y Felipe son los protagonistas de una historia de maricas, que nunca niega la naturaleza específica de su deseo, pero también una bella historia de amor en la que cualquier lector o lectora podría encontrar un vislumbre de esa belleza que enfrenta al tiempo y a la muerte, y les gana una partida.

Y entonces, lo que se me ocurre que puedo y podemos hacer todos, lectores y amigos, por Felipe y por

Leonardo, por la memoria de ese amor y por la memoria de Fernando, que se murió, es lo que ya hizo la tía de *Un beso de Dick* (y lo que hacía el *catcher* de Salinger que tanto inspiró a nuestro autor: cuidar el juego de los niños en el campo de centeno porque de ese juego, quizá, depende el sentido del mundo). Ella aceptó el deseo de estos dos muchachos, y fue su cómplice, pero no por una falsa o fácil tolerancia, sino porque tal vez entendió que no hay revolución más fulgurante (ni mejor salvación) que la de dos amantes. Que el amor de ellos necesitaba de su bondad. Y que al permitirles ser, ella también era.

Pedro Adrián Zuluaga

PRIMERA PARTE

1

Hoy es lunes, Hugo. Y usted se murió hace cuatro años. ¡Cuatro años ya, pelotudo!

Yo estoy aquí: tirado junto al lago, mirando el cielo. Esperando que abran el colegio. Mirando el cielo… ¿Y usted dónde anda?: bien arriba, espero.

¿Se acuerda?: nos gustaba tirarnos en un pasto, bien cansados de correr tanto. Usted dijo un día: "Qué tal que nos cayera un meteoro encima…": entonces nos paramos y fuimos a tirarnos en otro lado: me da risa. Si me cayera uno ahora… Lo vería venir, seguro: el cielo está más azul…

El otro día dibujé un muchacho así: tirado sobre el pasto, dos segundos antes de que lo aplaste un meteoro. Pero lo dibujé boca abajo para que no sintiera miedo. Y para que no le dañara los sueños el meteoro. Está soñando que un día será actor de cine, y que sería lindo hacerse famoso en una escena en que rueda por unas escaleras. Usted siempre se tiraba por unas escaleras… El muchacho tiene sueños en la cabeza, Hugo: y el meteoro se la va a aplastar… Pero nadie lo sabe: solo yo. Porque yo lo dibujé, claro.

Eso es lo que no me gusta de los dibujos: tía lo vio y dijo que estaba bien; pero creyó que la sombra que tiene el muchacho sobre la espalda es la sombra de una nube. "No es una nube, es un meteoro", le dije. Y ella me miró más raro. Me dijo que le pusiera un título para que se entendiera: "*Un meteoro cayendo* o algo así", dijo. Pero no se podía porque el dibujo se llama *Hugo*. Además, qué gracia tiene hacer un dibujo si hay que explicarlo.

Pero Leonardo sí lo entendió, yo creo. Porque yo se lo mostré y él dijo: "Dan ganas de decirle que se despierte". Y a mí me dieron ganas de abrazarlo cuando él dijo eso, en serio… ¿Cómo sería?: abrazar a Leonardo todo. Pero abrazarlo muy largo para poder pensar despacio: lo tengo abrazado. Al menos una vez pensarlo…: ¡ufff! Debí regalarle ese dibujo a Leonardo. Pero ya se lo había prometido a Libia. Lástima: porque a Libia solo le pareció bonito; a ella todo le parece bonito: es terrible. El otro día le regalé una boleta que compré en una papelería, de esas que dicen "Te quiero" con un dibujo de Snoopy: inmunda. Pero ella la vio y saltó hasta el techo como si se pusiera muy contenta. Y dijo que era muy linda y hasta se la puso en el corazón y todo… Y yo me sentí como una rata.

No debí regalarle esa boleta. Yo sé que se la di solo por no decirle mentiras: ¡cómo voy a decirle que la quiero si no la quiero! Pero Libia se lo tomó muy a pecho: me dio la misma, definitivamente… Al menos no tuve que decir nada: decir "te quiero" es jartísimo: tiene uno que poner cara de bobo y eso. Como en las películas. Claro que en las películas no se oye mal: "*I love you*": ¿...?; pero "te quiero" suena tan chistoso. En la televisión nunca lo dicen. O sí, pero cuando lo dicen uno sabe que es mentira. Si se lo hubiera dicho a Libia, tal vez ella hubiera sabido que es mentira..., ¡y me habría terminado: maldición, no debí regalarle esa boleta!

¿Qué voy a hacer con Libia?: ojalá me cayera un meteoro... No: eso no sería bueno: si yo me muriera hoy, mañana Libia va a estar pensando que me morí queriéndola. Se pondría muy triste y todo..., o ¿quién sabe? Pero si ella me quisiera de verdad, sí se pondría triste; seguro. Yo debería terminar rápido con Libia. Además, ella no tiene por qué quererme; uno solo debe querer a alguien que lo quiera a uno. A alguien que lo haga feliz a uno: pa siempre dice eso. Claro que si yo muriera, ella entendería que yo no puedo ya hacerla feliz ni nada: entonces dejaría de quererme. A los muertos nadie los quiere, eso se sabe. Cuando alguien se muere lo primero que hacen es enterrarlo. Pero no como se entierran los tesoros... A la final, está bien que sea así. Porque si yo estuviera aquí muerto, empezaría a ponerme muy podrido y todo: ¿cómo van a quererlo a uno cuando está podrido?... ¿Y por qué tendrá que pasarle a uno eso?: como si no fuera suficiente con morirse... Pero yo digo: si alguien me quisiera, seguiría queriéndome así: bien carroña...

—Como yo quiero a Hugo...

De verdad: lo que yo más quisiera es sacar a Hugo del cementerio y abrazarlo. Así: con todos sus gusanos. Para que él sepa que yo lo quiero. Todavía.

—Qué cagada…

… Yo ya no puedo abrazar a Hugo.

O sí: dentro de un año, cuando lo saquen.

Pero ¿para qué? Si él ya no va a sentirlo.

¿O sí?... Ah, si él existiera: su alma o lo que sea. Y si pudiera venir… Pero los malditos espíritus no existen; si no, ya se me habría aparecido Hugo para hablar conmigo. O para asustarme: al menos. Claro que a veces… ¡maldición: es como si de verdad volviera!: uno va por la calle y de pronto Hugo está ahí, parado en la otra acera como esperando un bus, con las puntas de los dedos entre los bolsillos, igual que siempre, y la cabeza echada a un lado, con el copete regado sobre los ojos, y todo. Mejor dicho: como si nada. Pero yo no me pongo a pensar que ¡cómo es posible!, ni se me abren mucho los ojos y la boca, y no me pongo a gritar para morirme del susto y esas cosas… La primera vez sí me puse a temblar, pero fue como de alegría o algo así; además, yo siempre me pongo a temblar: es terrible. La primera vez sí. Ahora solo me quedo mirándolo ahí parado. Viendo cómo se va desapareciendo, mejor dicho: porque él mueve un pie y se queda de una manera muy rara; y uno ve que esos zapatos no son los suyos, ni ese pantalón tan ancho, y además tiene las manos bien metidas entre los bolsillos: Hugo nunca se las metía así; o porque se peina el copete con una mano, y es como si se borrara la cara, porque uno descubre que esa no es la cara de Hugo: ¡ni siquiera se le parece!... ¡Maldición: es como ver a Hugo otra vez morirse!

—Hugo siempre se está muriendo…

Hugo siempre se está muriendo…: debí ponerle ese título al dibujo.

Lástima que no se entendieran los dibujos: los míos, al menos. Un día voy a hacer una película: las películas sí se entienden. Se va a tratar de un muchacho que se enamora de una amiga del colegio, pero le da miedo decírselo. Durante todo el tiempo de la película él está queriendo decírselo, pero cada vez que está a punto piensa: "Mejor mañana". Claro que no tratará solo de eso, porque sería una película muy aburrida. Pero es como lo principal. Por ejemplo, también se trata de que los padres de él no se quieren…, o sea: sí se quieren, pero ninguno lo sabe: porque ellos no conocen la ternura ni nada. Ya tengo pensadas tres o cuatro escenas para mostrar cómo se quieren… Pero la historia principal es la del muchacho. Él juega fútbol, claro; y sueña que un día jugará en la Juve, y que entonces será muy rico y tendrá un carro…, mejor dicho: será una película muy real. Pero su mejor sueño es darle un beso a su amiga: él imagina cosas como: "Si yo fuera el mejor jugador del mundo, ella querría besarse conmigo"; y es muy chistoso, porque se la pasa dándose besos en un espejo para ensayar (claro que eso ya lo han mostrado en otras películas, creo); pero también se queda mirándola en clase, a veces, imaginando que la besa, hasta que siente su mano toda mojada de babas porque se la ha estado besando mientras la mira (eso sí no lo he visto)… Lo malo es que él nunca se decide a hablarle porque piensa que ella no lo va a querer: uno siempre piensa eso (cuando uno se ha enamorado, claro). Y así se la pasa durante toda la película. Hasta que por fin una noche va por la calle y se decide, la llama y le suelta todo su amor por teléfono: y ella le suelta todo el suyo, porque ella también estaba enamorada de él. Y se quedan un rato, felices, diciéndose cosas de enamorados y que mañana se verán en el colegio y todo eso; hasta que él cuelga el teléfono de no saber qué más decirle. Entonces se da vuelta con una cara de contento que no se le había visto, y ve a dos tipos que estaban detrás suyo y que lo miran como si él les hubiera matado a la mamá o algo así; ellos tienen cuchillos en las manos: lo van a robar, claro; quieren quitarle el reloj y todo lo que tenga: pero él no tiene reloj ni nada; entonces lo acuchillan y cae al piso muriéndose. Mientras los ladrones corren, él muere; y mientras él muere, ella mira un reloj sobre su mesa, y en su diario (porque ella tiene un diario) escribe: "8 y 16: él también me quiere".

Y ahí se acaba la película.

Se llamará: *Los ladrones de relojes*.

Un día voy a hacer esa película. Si no me muero antes, claro. Se la dedicaré a Hugo, como hace Polanski en *Tess*…, ¡y junto a la dedicatoria le pondré un dibujo de Snoopy: qué güevonada!: Hugo ya no va a saber que se la dedico. Hugo ya no puede saber nada.

Y yo sigo aquí tirado, Hugo: esperando a que abran la puerta del colegio… Se oyen ranas en el lago…

—¿Las oye?

Yo no me estoy pudriendo: ¿qué culpa tengo? Yo solo estoy aquí; con los ojos cerrados: si los abro voy a ver las nubes… ah, no hay nubes. Si los cierro veré negro. Y si los espicho con los dedos veré figuritas en lo negro… ¿Hugo tendrá gusanos en los ojos?…: ¡seguro! Y a nadie le importa eso. Yo… yo pienso: si ahora viniera una bandada de buitres a picotearme, todo el mundo en este parque se vendría encima para espantarlos; pero si estuviera aquí muerto, a nadie le importaría que un millón de gusanos acabaran conmigo: ¿y cuál es la maldita diferencia?: muerto o vivo, aquí estoy tirado y quieto. Estar vivo debe tener algo de importante, supongo.

El que está aquí tirado, Felipe, es importante. No hace nada. Pero es importante porque está vivo, parece. Él abre y cierra los ojos. Y puede mover los dedos…, sentirlos pasar por su cabello. Y todo eso. Puede pasar por los dedos esta nariz. Y estos labios. Bajando por el cuello tiene el pecho: debajo el corazón se mueve. Por aquí viene el vientre: si un dedo se mete en el ombligo, duele como una aguja; el aire se mete por debajo de la camisa y se siente el frío, la piel hacerse de gallina por el frío. Debajo de la pretina están los vellos. Y por allá las rodillas. Los pies están muy lejos…: pero están.

¡Dios, yo tengo todo mi cuerpo vivo!…

¿Y para qué me sirve tener tanto? ¿Para qué quiero yo mi cuerpo?… Puedo levantarme y hacer cosas, claro.

Con mis piernas juego fútbol y soy bueno: un día jugaré en la Juve. Si no soy futbolista, filmaré películas buenas y me haré famoso y rico: Felipe el Conquistador tendrá bajo sus zapatos el mundo como un balón…: ¿y para qué? Ah, yo solo quisiera que Leonardo me amara; que él estuviera ahora a mi lado… y ser como de él.

Felipe solo sueña ser el hombre más grande de este mundo, Hugo. Para que Leonardo lo desnude cuando quiera…

—Y haga con él lo que quiera...

Una estupidez de sueño, me digo, ahora que el timbre suena y las puertas del colegio se abren: otra vez estaré en el salón mirando a Leonardo la tarde entera. Ni siquiera podré hablarle porque hace días andamos de disgusto. Pero en el recreo Libia me buscará de nuevo para decirme "te quiero", claro; y yo le sonreiré para mentirle lo mismo…

Quién sabe: tal vez hoy tenga valor para no sonreírle, pienso.

Y siento miedo: hoy tendré examen de historia…, ¡maldición: no estudié nada!

2

Solo faltaban veinte minutos para el cambio de clase: el profesor gritó que fuéramos a las duchas.

Leonardo llevaba el balón y quiso darse el último chance pateando un tiro de media distancia que salió casi por una esquina del campo: malísimo. Los de su equipo le gritaron insultos y comenzaron a perseguirlo hacia los baños para darle una trilla: pero lo seguían solo por broma, pensé, porque él había marcado el mejor gol del partido.

Cuando llegué a los baños, lo tenían acorralado junto a un lavamanos y cada uno quería ser el primero en darle. Leonardo gritaba:

—¡Calma, calma aficionados: para todos hay!

Y les decía que hicieran fila, como si estuvieran pidiendo autógrafos. Entonces Gordo, que estaba atrás de la montonera, dijo afeminando la voz que a él le guardara la cabecita. Todos se volvieron para abuchear a Gordo, también yo desde la puerta, y fue él quien se ganó la zurra.

—¡Esto es un abuso! —gritaba mientras le aturdían la cabeza a palmazos— ¡Protesto!

Leonardo trataba de darle con su camiseta:

—¡No proteste, Gordo, no proteste! —le decía—: ¡para qué se pone con maricadas!

—¡Ya! —gritó Gordo haciéndose el serio, y lo dejaron en paz.

Algunos empezaron a desnudarse de prisa para ganar los primeros turnos en las duchas: solo hay seis chorros en la bañera abierta. Cuando empezaron las disputas ya Leonardo estaba bajo el agua, enjabonándose de espaldas. Tato se le acercó, con la confianza que uno solo les tiene a los árboles, el muy ladino, y se lo arrimó por detrás, como de pasada:

—Ah, perdón: no me di cuenta —le dijo, y se quedó bajo el chorro.

Leonardo se dio vuelta sin inmutarse, le paseó los ojos de arriba abajo y se quedó mirándosela a Tato (la tenía tan pequeñita por el frío):

—Pobre tipo —dijo como si le diera mucha lástima, y Tato no supo qué responderle en medio de nuestras risas.

Coloso estaba en la ducha de al lado y aprovechó la ocasión (Coloso siempre aprovecha la ocasión):

—¿Será que esta le sirve, Leonardito?...

Coloso se pone pedante cada vez que nos bañamos porque la tiene grandísima: siempre: como si se la hubieran hecho a prueba de frío. Pero Leonardo le contestó:

—Sí: para limpiarme los oídos.

Eso nos dio mucha risa, y todos nos burlamos de Coloso como una venganza secreta. Pero Coloso es muy duro, y como es fuerte lo cogió a Leonardo por los hombros para ponérselo de espaldas:

—A ver… ¿probamos? —le dijo.

—¡Mentiras, Colosito: me sirve, me sirve! —decía Leonardo soltándose.

Pero Coloso lo agarró otra vez más fuerte y le dijo como si le estuviera diciendo misa:

—Venga, Leoncito: déjese que es por su bien.

Entonces Leonardo se soltó dándole un codazo que lo dejó sin aire (con Coloso toca así), y salió de la bañera: debió esperar dos turnos más para enjuagarse.

Yo untaba jabón en mi pelo cuando él volvió a entrar bajo el agua. Mientras se vestía, Coloso lo miraba por detrás: qué tipo más cacorro, pensé.

—Algún día, Leoncito, algún día —le bromeaba.

Leonardo y yo nos miramos a los ojos de pasada: era la primera vez que nos mirábamos desde hacía veintiún días, cuando nos agarramos a golpes. Su cara se puso roja, y él dejó que el agua le cayera sobre sus mejillas: todavía le carga que yo lo haya reventado, pensé; y sentí que volvía a mirarme mientras enjabonaba mis piernas.

—De esta le doy lo que quiera —le dijo a Coloso poniéndosela de frente.

—¡Uuu!, Leonardo se nos está volviendo machito —se burló Esteban.

—¡No, no, no: ni se le ocurra! —le dijo Coloso mientras Leonardo salía a coger su toalla.

Y todavía le decía cuando Leonardo sacaba la ropa del maletín:

—Yo de usted no me preocuparía por estudiar, Leoncito: con ese culo ya tendría mi futuro asegurado.

Eso es cierto, pensé yo: pero me reproché por pensarlo. Y otra vez miré a Leonardo, a su cuerpo, mejor dicho. Él también me miró y yo abrí todo el grifo para enjuagarme.

—¡Váyase a su puta mierda, Coloso! —le dijo Leonardo como si se hubiera enojado de repente: como si todo no fuera una broma.

Pero ya se la habían cazado: Gordo estaba junto a él en la banqueta:

—Resignación, hijo mío —le dijo—: asume tu destino.

Y en un lance, le sacó sus pantaloncillos de entre su montón de ropa y se los arrojó a Fabio. Tato se burló de su color blanco (Tato es tan idiota a veces).

—¡Pelota! —le dijo Fabio—, ¿no ve que son de una virgen?

Y se los tiró a Esteban. Y Esteban, que es de lo más original siempre, decía:

—¡Ajá: conque poniéndose las bragas de su hermana, Leoncito!

En ese momento yo me puse a pensar en los labios de Nastassja Kinski en un afiche de *Tess*, y me dieron deseos de ver los labios kinski de Leonardo desde más acá del agua que me caía. Maldije el jabón que me entraba en los ojos. Apreté fuerte los párpados imaginando la piel morena y limpiecita por todo el cuerpo de Leonardo que yo no podía ver con mis ojos así de cerrados: me ardían como agujas. Y también maldije a Tato y al Gordo inmundo y a toda la puta recua de Coloso. Abrí los párpados para que me entrara agua en los ojos y vi amarillas las baldosas blancas salpicadas de gotas, como la piel blanca de Nastassja en una escena en que llovía; y pensé que ni siquiera a ella podrían lucirle sus bragas como le lucían a Leonardo sus pantaloncillos…

—Ya: devuélvaselos —oí que decía Coloso.

Cerré la llave y con las manos me sacudía el agua del pelo. Leonardo se había colocado su camisa y le hacía un ademán a Carlos para que se los entregara.

—Tome —le dijo Carlos; pero él me los lanzó a la cara.

¡Y los pantaloncillos de Leonardo se quedaron pegados sobre mi frente húmeda!

En ese instante me reproché, como si fuese mi culpa, la maldita obligación de asquearme con lo que yo más quería: casi maldije mi suerte inútil. Pero ahí mismo recordé, como una revelación de Dios, las bromas de hacía un momento, el juego inocente con todo lo que nos está prohibido, y me maravillé de las cosas que uno puede esconder bajo las bromas. Entonces tomé los pantaloncillos con mis manos y comencé a secar con ellos mi rostro: despacio, como si lo hiciera con mi pañuelo, como si yo estuviera solo con mi pañuelo. Sentí perfectamente cómo todos se silenciaban mirándome; y todavía me di tiempo para extenderlos sobre mis palmas, llevarlos sobre mi nariz, y aspirar profundo como si fuese un perfume: simulando: como si no fuera cierto el placer que yo sentía.

—¡Chanel! —dije con un suspiro de lo más payaso.

Leonardo me miraba con su cara triste, y a mí me pareció que los ojos de Nastassja Kinski no eran tan grandes ni los de Betty Davis tan tristes. Si me los pide se los entrego, pensé. Pero él bajó la cabeza sin decirme nada y se inclinó para calzarse las medias: "¡Qué gran malparido!", me dije, y se los arrojé a sus pies.

—¡Pero vaya póngaselos, papi! —me dijo Tato entre dientes.

—Y no se le olvide besarle las güevas…: ¡miren al maricón este! —dijo Coloso lanzándome un golpe bajo con su toalla.

A mí me dio sensación de risa y todos vinieron a darme una zurra de toallazos.

—¡Téngamelo ahí, Coloso! —dijo Carlos, y fue a recoger de nuevo los pantaloncillos.

Entre cuatro me sujetaban…

—A ver, a ver niño, cómaselos despacio —me decía Carlos.

En ese instante sonó el timbre y yo sentía mi boca resecarse con los pantaloncillos de Leonardo: casi lo amo al Carlos. De nuevo sonó el timbre y todos salieron corriendo. Vi a Coloso llevándose mi maletín y corrí tras él, pero se había ocultado junto a la puerta y me lo puso de un golpe contra el vientre:

—¡Apúrense, o no los van a dejar entrar a clase! —me gritó mientras corría—. ¡Y sáquese eso de la boca, cochino!

Entonces yo me llené de miedo, y me puse a temblar, claro, mientras giraba mi cuerpo y mi espalda se pegaba contra la pared fría; mientras sacaba los pantaloncillos de mi boca, como cuando uno saca triste la lengua de otra boca en los finales de los besos, como si fuera siempre el último beso; ahora que yo miraba el piso salpicado de agua, la bañera encharcada, la gota de agua que caía sobre el charco, las baldosas de los muros y las rejillas de las ventanas. Temblé aún más en ese instante en que mi mirada bajaba por el muro al que se une la banqueta donde Leonardo, sentado casi frente a mí, ataba los cordones de sus zapatos: ¡ni siquiera fui capaz de mirarlo!; y a punto de encontrar su pelo negro volví los ojos sobre el muro, de nuevo sobre las ventanas; y vi otra vez, mientras sentía que él se levantaba y venía hacia la puerta, la gota de agua sobre los charcos, el piso salpicado, mis pies sobre el piso: el pantaloncillo de Leonardo colgando de mi mano contra mis piernas mojadas. Me reproché mi estúpido estremecimiento ante la perfecta verdad de estar solos. Así, yo sentí que él se compadecía de mí cuando vi sus pies frente a los míos y escuché su voz diciendo:

—Muy hijueputas, ¿cierto?

—Sí… —le dije mirándole sus ojos inmensos: avergonzándome por estar desnudo.

Le entregué sus pantaloncillos: había tenido que ponerse el pantalón sin ellos, y sentí un poco de alivio pensando que de alguna manera él estaba desnudo como yo…

—¿A qué saben? —me preguntó con picardía mientras los guardaba en su maleta.

—A usted…, creo.

—…

—…

—¿No va a ir a clase?

—Ya no alcanzo.

—Sí: vístase rápido —me dijo—. Yo lo espero…

Y así fue: FIN (dibujado con estos dibujos malos).

Yo pienso: Leonardo dijo que me esperaba. Y se quedó allí parado mientras me vestía… En el cuaderno escribo: equis es igual a tres medios: el problema no me sale. Entonces suelto el esfero y me doy otro sorbo de gaseosa. Carlos está parado junto a la ventana del 8-03: esperando a que salga Maritza, supongo. Miro el cuaderno abierto y me digo: tal vez transpuse mal los términos. Y me mando otro sorbo: al octavo día hizo Dios la Coca-Cola: si se lo digo al de religión, me mata. Ahora salen los del salón de Maritza y, por supuesto, ella sale de primeras porque sabe que Carlos está ahí; y ya van los dos a sentarse en el pasto porque son novios. Y porque se ve que se quieren… Leonardo esperó a que me vistiera y nos fuimos juntos hasta el salón. Eso fue ayer: ¡Leonardo ya no está enojado conmigo!

Cojo el esfero y debajo de tres medios escribo: Leonardo. En la cancha de micro van a jugar los de mi curso contra los del 9-01, parece. Carlos viene hacia acá y yo miro el cuaderno: hago rayas sobre Leonardo y ya no se ve. Pero de todos modos debajo de las rayas está, me digo. Carlos viene a decirme que si tengo plata para prestarle: yo me acuerdo de lo que hay en mis bolsillos y le digo que sí tengo y le presto. Y me pregunta que si voy a jugar contra los picados del Uno, y le digo que no porque ando estudiando álgebra: me dice que desde cuándo tan lambericas con álgebra, y yo le digo que desde hoy porque, si se acuerda, el lunes tendremos examen, ¡y además porque a él qué le importa!; y que saludes a Martiza.

Él se va a comprar gaseosas y ponqués a la caseta: Carlos solo compra gaseosas y ponqués. Otra vez comienzo a escribir: equis a la dos menos cuatro ye, sobre raíz de equis menos raíz de ye; y me quedo mirando lo que he escrito. Tengo una letra inmunda, pienso: el dos me quedó como una pregunta, parece que dijera: "¿equis?"; el cuatro parece una "u…"; me da risa porque miro "raíz de ye" y creo que más parece un muchacho en cuatro: dibujo una bolita en la punta del radical y ahora se parece más… Carlos pasa con su fiambre diciéndome "gracias", y se va hacia donde Maritza. Es bonita Maritza, pienso. Y desde la cancha Coloso abre los brazos preguntándole a Carlos qué dije, y él le grita que el güevón, yo, no quiso, y en seguida se tapa la boca con un brazo como para que Maritza le perdone la grosería. Entonces veo que Leonardo llega corriendo con uno de los balones del colegio: seguramente ve que hace falta uno en el equipo porque me hace señas invitándome, ¡y yo me reprocho el andar tan lambericas con álgebra! De todos modos ya Javier se les está uniendo y yo puedo mirar mejor a Leonardo desde aquí que jugando allá.

Carlos le ha dado a Maritza su ponqué con gaseosa: ella me mira levantando hacia mí la botella y sonríe. Yo desde aquí le hago tic con la mía y con un ojo. De verdad es bonita Maritza. Qué lástima que Carlos tenga fea la nariz, porque, si no, sería tan bonito como ella… A los del Uno casi les metemos un gol: Coloso aprieta los puños lamentándose y Carlos desde el pasto también hace como que lo siente… Y es flaco Carlos, pienso; aunque vestido no se note tanto, porque usa grandes los sacos: serán los sacos los que le hacen ver rico el cuerpo; aunque desnudo también se ve muy rico: ¡los huesos de Carlos me encantan! Yo miro a Maritza y me digo como diciéndole a ella que yo he visto a Carlos en pelota y ella todavía no…, o ¿quién sabe?; pero lo más seguro es que no, porque ya lo sabríamos todos; al menos yo que me la llevo bien con Carlos… Checho le está gritando a Javier echándole la culpa porque les metieron un gol, y Leonardo le da palmadas en la espalda para calmarlo. Leonardo ha enrollado su pañuelo y se lo ha atado sobre la frente como los tenistas: se ve bellísimo… Pero ahora un grupito de décimo se para frente a mí y no puedo ver nada; aunque…, "aquí tenemos", como dice el profesor de geografía, a John Jairo Galán: uno de los culos más importantes del colegio, una de las más bellas expresiones del género, como diría la de literatura, "pero nunca tan delicioso como Leonardo", digo yo mirándolo. Me tomo otro sorbo de gaseosa y pienso, porque no me dejan ver, que si ahora se me apareciera en frente el Espíritu Santo le diría que se corriera un poco para poder ver a Leonardo. Cierro los ojos y me reprocho estar pensando tantas bobadas: en el cuaderno está el problema de álgebra que no he resuelto: ¡qué cosa más aburrida! Miro la hoja: desde "raíz de yé" dibujo una flecha y en la punta escribo: Leonardo… A través del grupito de décimo miro hacia la cancha de micro. Leonardo está poniendo un centro y se cae: pobre. Por entre las piernas de John Jairo lo veo: él se queda un segundo sobre el piso, tendido; y se levanta despacio: perfecto. ¿Cuándo, Leonardo?, me digo; y mi gaseosa se acaba.

Apenas son las cuatro en mi reloj. Las nubes se han ido abriendo y ahora el sol me cae sobre los ojos: Leonardo es moreno, pienso, pero también se le marca la sombra de los pantaloncillos en la piel: ayer tuve sus pantaloncillos en mi boca: ¡qué delicia!: solo con recordarlo me da sed y corrientazos en la espalda: mejor me compro otra gaseosa: qué vicio. Y cierro el cuaderno: el problema que lo resuelva Pitágoras porque yo de aquí me levanto…; ¡mierda!: el pasto estaba húmedo: atrás siento frío. Camino hacia la caseta y quiero volver a mirar hacia la cancha, pero oigo que Sylvia me llama: "¡Felipe!", me grita como si estuviera muy lejos, pero yo la miro y está aquí nomás con Lucía, y casi no me dan tiempo para meterme una mano entre el bolsillo, como si fuera a sacar monedas, y acomodándomelo rápido haciéndome el bobo porque qué pena; pero siento que me pongo colorado de todos modos: ¿qué pensarán?... Lucía me dice que si quiero de su helado que está comiendo, y que si quiero ir a una fiesta que le hacen mañana en su casa, porque estará de cumpleaños, me cuenta. Yo no le digo que sí quiero helado, pero le doy un mordisco grande; y casi no puedo decirle con la boca llena que sí iré a la fiesta, pero le levanto hasta el copete las cejas como diciéndole: ¡pues, claro! Ellas ponen cara de muy contentas, levantan los talones y todo y yo me siento de lo más lindo. Lucía me dice que si le puedo avisar a Libia para que vaya (Libia no vino hoy a clases): yo le digo que no puedo, porque terminé con ella y anda como enojada conmigo. Las dos me dicen que qué lástima; pero yo sé que Sylvia no es sincera: Lucía sí. Y me cuentan que también va a ir Leonardo: que si no me molesta, me preguntan como si yo fuera la gran cosa. Yo les digo que no, y que además ayer me amisté con él y otra vez andamos de novios, les digo en chiste: pero de nuevo siento que me pongo colorado: ¡qué bruto! Ellas se ponen otra vez contentas: las dos me besan en la mejilla, y que entonces me esperan, dicen, y se van felices cuchicheando que estoy vacante.

44

Yo le entrego la botella vacía a doña Aura, y le digo que me venda otra.

Le han dado una patada al balón que lo ha mandado lejos: ya van dos a uno, me cuentan. Leonardo me ve parado junto a la cancha y se viene a beber de mi gaseosa: me la quita de la mano sin decir nada: como si nada... Yo me quedo mirando el borde de la botella hundiéndose entre sus labios: como cuando uno se mete a llorar entre una almohada, o algo así. Y él se boga un sorbo grandísimo: se le enrojecen los ojos, y se le encharcan, y... ¡maldición!: yo siento por debajo de los brazos, o atrás por mi cuello, que él es el muchacho más hermoso que yo haya visto... Me devuelve la botella, mirándome, y aprieta los labios para tragar lo que le queda en la boca. Y sigue mirándome mientras le veo abrir sus labios mojados, y sonriéndome con su cara triste me dice: "¡Usted me debe un golpe!"... Él me mata diciéndome eso. Casi me dan ganas de decirle que me perdone: en serio. Y maldigo que no estemos solos para abrazarlo, y cogerle la mejilla con mi mano, y chuparle ese hilillo de gaseosa que le está escurriendo por la barbilla..., si estuviéramos solos: si él me dejara... Y a la final qué me importa si lo hago y la embarro delante de medio colegio, o si él me mata a patadas, me digo; pero Coloso le grita para que juegue y Leonardo se va a seguir con su puto juego y yo me quedo con estas ganas de llorar como un marica.

Mejor me voy de aquí: mi salón debe estar vacío, pienso, y me echo a andar despacio.

Entro al edificio y no hay nadie: al menos no me están viendo, me digo; y ya veo la puerta de mi salón y llego: no hay nadie… Cierro la puerta y me limpio las lágrimas que me salen: ¡qué gran maricón!, casi me da risa. Todavía tengo deslumbrados los ojos: trato de mirar bien: no hay nadie. En mi mano siento la botella de mi gaseosa. La miro. Leonardo ha bebido de ella…: me la llevo a los labios y le beso el borde, la saliva de Leonardo en el borde… Besársela así a Leonardo: bajarle su pantalón despacio y besársela; acariciarle con mi lengua así: mucho rato… Levanto la botella muy lento, y me entra gaseosa en la boca: como si Leonardo se viniera en mi boca…: ¿a qué sabrá eso, Dios mío? Y me entra esa sensación de náusea: ¡qué estúpido: como si no lo deseara tanto!... Pero envuelvo otra vez el borde entre mis labios y ya no tengo sensación de nada: solo como un vacío yo no sé dónde. Y bebo más, pero solo es gaseosa: Leonardo está afuera jugando…, ¡qué mierda vida!

Allí está el pupitre donde él se sienta y yo puedo verlo desde el mío toda la tarde… Me entran deseos de ir a acariciarlo: al menos acariciar su asiento, me digo.

Voy.

Aquí me inclino y le pongo un beso: ¿este olor será su olor?... Me quedo pensando que cuando Leonardo regrese se sentará sobre mi beso: al menos. Dejo caer un hilillo de saliva sobre la madera, y vuelvo a besarla mucho: igual que cuando yo imaginaba la Luna, recuerdo…

La Luna cuando está delgada, como los ojos cuando están dormidos.

Yo iba hacia mi casa porque estaba clara la noche: caminando uno puede ver la silueta de los carros, más negra que el color del cielo; y uno puede calentarse las manos entre los bolsillos, con el morral de los libros acomodado al hombro como los exploradores; sentir el frío en la nariz, y la nariz hacerse agua con el viento. Esa noche yo me fui caminando por eso. Y porque quería estar solo conmigo.

Pero ya estaba cerca de casa. Llevaba la cabeza agachada haciendo equilibrio sobre el sardinel de una acera: cuando el pie se resbala uno pisa las basuras y los papeles hacen cric. Y se pierde la cuenta de los pasos: en la siguiente cuadra volveré a contarlos, pensaba. Entonces seguí andando por la calzada, porque ya no tiene gracia subir otra vez al sardinel cuando no se ha caído.

En la esquina había un árbol grande, y un muchacho orinaba allí: solo con verlo me entraron deseos, y caminé más despacio. Pero él todavía tardó un poco y yo estaba cerca cuando se dio vuelta agitándosela: se la miré toda, y él se dio cuenta, claro. Después de cruzarnos volví la frente para mirarlo, porque era muy bello, y él había hecho lo mismo; mientras bajaba mi cremallera la volví de nuevo y él todavía me miraba: entonces se metió un dedo entre la boca guiñándome el ojo: "¡Qué tal!", me dije, y su vaporcito subía sobre mi cara: yo miré hacia arriba para no oler, pero de todas maneras olía y no me dio asco.

A través de las hojas yo veía la Luna, igual que la había visto hacía un rato en el colegio. Y empecé a imaginar metáforas de esa Luna… "¿O se llaman símiles?", me dije. "Si se dice 'como' es un símil, y si no se dice nada es una metáfora", recordé. Yo me dije: "La Luna como dos cachos delgados: no, cachos suena muy feo… Como un bumerán no sirve porque los bumeranes no son redondos. Más bien, como un ojo cuando tiene sueño", y esa fue la que más me gustó. Y pensé que la Luna era como un ojo de la noche y que, entonces, la noche era tuerta y hoy tenía sueño: me arrimé al árbol para no hacerle ruido, y eso me dio risa: "Me estoy volviendo idiota", dije pasito poniendo mi frente sobre el tronco. Pero aún me puse a pensar que si yo fuera el novio de Alicia en *Alicia en el país de las maravillas,* podría coger esa Luna para llevármela con solo estirar la mano: la mojaría con mis orines para calentarla un poco, y para que no se enfriara la guardaría debajo de mi camisa…, o entre la pretina de mi pantalón, mejor. Y todavía pensaba, llegando a la puerta de mi casa, que sería delicioso untarle mermelada de punta a punta y estarme toda la noche lamiéndole su curvita.

Cuando entré, mamá preguntó por qué me había demorado tanto: le conté que había estado jugando un partido contra los de otro Octavo después de clases. Y era cierto; pero ella me dijo que muy raro, y papá me miró serio como para que yo entendiera que él no me creía nada (pero también me hizo una sonrisa como de cómplice: bien chistoso pa). Me dijeron que la comida estaba fresca en las ollas, y que no me lo comiera todo porque aún no llegaba César de la universidad: yo les contesté que luego comería, porque ahora tenía que hacer una cosa urgente, y entré al baño como si tuviera mucha prisa. De verdad: tenía mucha prisa…

Descargué el morral sobre el piso: miré por la ventanilla, arriba en la pared: y la Luna no se veía, recuerdo. Me subí sobre el sanitario y otra vez pude verla: la cubrían un poco de nubes delgadas y se veía parecido a como la había visto bajo el árbol… Recordé al muchacho metiéndose el dedo entre la boca y sentí náuseas en la garganta: entonces imaginé a Leonardo haciéndome el mismo gesto, y la boca se me aguó de saliva…: ¿un pajacito?, pensé. Y sentía frío. Acodado contra el marco miraba las nubes abrirse, recuerdo, mientras yo bajaba mi cremallera: otra vez estaba ahí la Luna limpiecita, tan delgada: y ya solo pensaba en Leonardo…

Porque hacía un rato, Leonardo y yo nos habíamos quedado con Carlos, cuando terminó el partido, jugando veintiuna en la pista de atletismo. Carlos quería ir a ducharse y le dijimos que estaba loco: hacía mucho frío. Pero de todos modos Carlos se fue y yo me quedé solo con Leonardo: y fue esa la primera vez que él se sacó la pantaloneta y se quedó desnudo, de espaldas, mientras desenrollaba su pantalón: la primera vez que yo le miré todo su culo, rellenito y duro como decía César cuando miraba a Nubia…; pero ese culo de Leonardo, redondo y lisito como las burbujas, yo se lo vi: y a mí me pareció que era más bello.

Y me sentí mal por parecerme eso.

Nos sentamos en las gradas mientras regresaba Carlos. Hablábamos de cosas que ya no recuerdo, y en un momento nos pusimos a hablar de mujeres (habíamos marcado goles: nos sentíamos más hermosos). A él le gustaba mucho Magdalena, pero le gustaba más la trigueñita de ojos verdes que estaba en Once, me contó. Yo me burlé, y le dije que ella era muy grande para él. De verdad: era muy grande. "Pero está buena", me dijo Leonardo. Y me preguntó que a mí cuál me gustaba, y yo le dije, pensando en Nubia, que una de mi cuadra que él no conocía. Entonces me contó, como una confidencia, que él sabía que yo le gustaba a Libia, y que debería aprovechar porque Libia era una de las más bonitas del colegio… Se quedó mirándome y me dijo: "Usted es muy pinta".

Y yo otra vez me sentí mal.

Entonces yo lo miré a la cara, y a mí me pareció que su cara era linda, y pensé en su culo y le dije de una que él también estaba muy bueno. Y a él le dio mucha risa.

Cuando Carlos volvió salimos los tres del colegio, y caminamos juntos hacia la avenida. Nos fuimos hablando de las jugadas del partido, pero yo solo pensaba en que Leonardo me había dicho que yo era pinta: y me volvía a mirarlo pensando: Leonardo es hermoso: y eso sonaba rarísimo…, pero sonaba rico.

Carlos se había fijado en la Luna y decía que cuando estaba así, delgada, era cuando a él más le gustaba: yo imaginaba las nalgas de Leonardo, me parecía que era lindo el surco que se le hacía en el medio, y entonces se me ocurrió pensar que Dios le había arrancado esa Luna de entre sus nalgas.

Y caminé hasta mi casa pensando en lo mismo… Y así siempre pensando en él.

Más de un año pensándolo. Como ahora contra la ventanilla del bus mientras regreso a casa: mi idea fija… Esta noche tendré que estudiar, me digo, porque mañana habrá fiesta donde Lucía. Y Leonardo va a estar: ¡qué frío!...

La señora de la tienda ha esperado a que termine el disco que sonaba, y ahora ha puesto canciones de Agustín Magaldi: como si supiera que a papá le encanta Magaldi. Las copas de brandy están llenas, y yo me siento mareado con solo una que he bebido. A papá le hubiera gustado pedir aguardiente, pero el doctor Suárez ha preferido brandy (eso porque no tenían whisky en esta tienda), y a papá le gusta ser amable con sus clientes y con todo el mundo. Aunque no le ha gustado nada que me hubieran servido a mí; pero Suárez le ha dicho que una copa no me hace daño (¡además es sábado!). De todos modos ya me ha servido la segunda y papá me ha mirado como diciéndome: ¡despacio, Felipe!

A un señor de otra mesa se le ha caído un vaso y lo ha roto.

—¡Ah, caramba! Caballero —le dice el doctor Suárez—, tenga usted cuidado hoy: eso no es un buen augurio, mi amigo.

—¡Sí, qué cagada! —dice el señor, y a mí me da risa.

—Sí, hombre —le dice Suárez riendo—… ¡Una cagada, realmente!

A mí me gusta Suárez porque a pesar de ser muchaplata y fino es todo sencillo. Y es uno de los mejores clientes que tiene papá: le apasionan tanto los carros que cuando el suyo se daña se está casi todo el tiempo al lado de papá, mirándolo cómo le hace las reparaciones; y no le importa untarse de grasa ayudando a pasar herramientas. Pero es tan pulcro en sus modales que a mí me produce risa: él no tose, sino que dice cof (por ejemplo).

—Creí que habían empezado a tumbarnos el mundo, señor Valencia —dice—. Con tanta inseguridad uno anda con los nervios en vilo, ¿no le parece? Ahí tiene usted todos los atentados que ahora suceden: ¿a dónde va a llegar nuestro país, señor Valencia?

—La situación es preocupante, realmente —dice papá.

—¡Es que esto parece otro 9 de Abril!, ¿el señor Valencia se alcanza a acordar?…: no, tal vez era usted muy joven.

—Sí, en realidad: tenía cinco años. Pero mi padre murió ese día.

—¡Ah, caramba!, cómo lo siento. Créame que en verdad lo lamento.

"Cualquiera se lo creería", me digo. Hasta parece que hubiera conocido a abuelo y hubieran sido íntimos.

—Me imagino que usted habrá tenido que enfrentar la vida desde muy niño…

—Bueno, mi madre pudo sostenerme hasta cuando tuve quince años —le cuenta papá—. En adelante me dediqué a esto que usted ve. Los hermanos han hecho carrera, afortunadamente; incluso tengo una hermana que es maestra en la Universidad de Antioquia; y a mí no me ha ido mal, realmente.

—Algo muy loable, lo felicito. Usted debe seguir el ejemplo de su padre, jovencito —me dice—. Pero tómese esa copa o no va a tener fuerzas…

Los tres reímos y ellos beben su trago: yo solo me mojo los labios porque papá me mira. Él me despeina el copete y dice lo que dice siempre que una conversación llega a este punto: que él espera que mi hermano y yo podamos llegar hasta donde él siempre quiso, y todo eso…

—Y estás estudiando, claro.

—Claro —le digo.

—¿Y qué curso haces?

—Estoy haciendo noveno… cuarto bachiller —le aclaro.

—¡No, pero vas adelantadísimo! Tienes como quince años… —me dice como preguntando.

—Dieciséis ya.

—Eso está muy bien. Y serás un muchacho aplicado, me imagino.

—Sí… más o menos.

—"Más o menos" no está bien. Apriétemele las rien-
das a este jovencito, señor Valencia —dice mirándolo a
papá y levantando su dedo índice regordete.

—Voy a tener que hacerlo —dice papá siguiéndole
la chanza—. Esta mañana me dijo que iría en la noche a
una fiesta; pero yo todavía lo estoy pensando.

Yo sé que papá lo dice por tomarme del pelo. Creo.

—Así son los jóvenes de hoy en día, señor Valencia:
anteponen el placer a lo que es realmente importante.
Justamente yo tengo un hijo de su misma edad, tal vez
usted lo conoce, que se la pasa en su carro para arriba y
para abajo…, y creo que me está descuidando los estudios. Eso me tiene muy preocupado.

Cuando él dice lo de su hijo yo lo miro a papá de
reojo, y él sabe por qué lo estoy mirando: esta mañana,
en el taller, le he contado que voy a ir a una fiesta por
la noche, donde Lucía que está de cumpleaños y todo
eso…: que iba a necesitar la camioneta, le dije. Pero él
me ha contestado que me pusiera serio y que más bien
le alcanzara una nueve dieciséis brístol…

—A mí lo que me preocupa de esas fiestas son
tantos peligros que hay en las noches —le dice papá a
Suárez—…, tanto delincuente por ahí; y a la edad de
este muchacho…, tanta gente malvada. Usted sabe a
qué me refiero.

—Sí, por supuesto: tiene usted razón —le dice Suárez—. Pero no debe preocuparse: se ve que este jovencito es
todo un caballero. Tiene cara de ser muy responsable. Y me
imagino que ya tendrás novia —me dice como de pasada.

—No —le digo—. O sea…, tenía; sino que nos peleamos.

—¡Ah, eso está muy bien!: dañando los carros es como se aprende a manejarlos, ¿no es verdad, señor Valencia?

Suárez es de lo más chistoso cuando se ríe con toda su papada. Yo lo miro y me digo que debe ser terrible engordarse así: tener un vientre tan inmundo… Mejor ser como papá y tener los músculos duros y fortachos. Y una voz de tarro: grave como la suya.

—No, pero hablando más seriamente: no debes defraudar a tu padre —me dice y yo me pongo colorado porque no sé a qué se refiere—. ¿Qué piensas estudiar cuando salgas del colegio?

Ahh…, ¿decirle que voy a hacer películas?: no, eso nadie se lo cree a uno. Aunque también voy a ser futbolista… Claro que sería rico hacer cuadros…

—Pintura —le digo—. La de lienzos, claro.

—¡Ah, pero qué bien! Eso es realmente maravilloso. ¿Te gusta mucho el arte? Pero te vas a morir de hambre, te cuento.

—Noo —le digo—… O sea, si uno hace bien su trabajo puede irle bien en cualquier cosa, yo creo.

—¡Qué buena respuesta! Realmente inteligente; muy ingenua, pero inteligente: creo que vamos a tener que dejar ir a este muchacho a esa fiesta, señor Valencia.

Papá me sonríe con cara de estar orgullosísimo, y Suárez dice que, en su opinión, el asunto merece un brindis.

—¡Adelante con esa copa, pichón de Picasso! —me dice.

Yo solo bebo a medias, y ya no quisiera beber más porque me estoy sintiendo, como dice Suárez, beodo.

Ahora él habla otra vez de su hijo a propósito de mí, y a propósito de su hijo (¿cómo será su hijo?), le dice a papá que la semana que viene le traerá su auto porque en estos días lo ha estrellado.

—No fue nada grave, por supuesto —le dice—. Pero me he llevado un susto terrible.

Y ahora es papá el que me mira de reojo.

Ya deben ser las tres, pienso y miro mi reloj: apenas son las dos pasadas. Ahora ellos conversan acerca de carros. Suárez habla de una posible importación de vehículos rumanos; y papá comenta no sé qué problema del abastecimiento de repuestos: poco a poco él va asumiendo su perfecto dominio sobre el tema.

El disco de Magaldi se ha terminado y la señora ha puesto boleros de Los tres diamantes: son hermosos los boleros cuando suenan en las tiendas y yo estoy bebiendo con papá. Ya no me importa mandarme el medio trago que me queda y me pongo a buscar en cada bolero pedazos de cosas que yo siento por Leonardo: eso es el bolero, me diría papá… Y lo veré esta noche: otra vez somos amigos, pienso.

Mejor no bebo más.

Esta tarde el brandy le ha hecho daño a papá, me digo, a pesar de haber bebido solo tres copas: porque casi por broma le he dicho que me regale para comprar unos tenis que me tienen loco, y él me ha dado la plata sin repararme en nada: ¡qué suerte!... Pero me dio vergüenza con la señora del almacén donde fui a comprarlos: se dio cuenta de que había bebido. Claro: yo tenía la cara enrojecida y casi se me quemaban las orejas. Pero yo creo que lo notó por mi aliento: eso fue lo que más vergüenza me dio… Y empezó a ponerme cantaleta: "Un muchacho como yo", decía, "no debería hacer esas cosas; además está como temprano", me dijo; y que así se empieza y al poco tiempo ya estaría yo como una piltrafa: que pensara en mi mamá, me dijo toda cariñosa, y que muchas gracias por la compra.

·   ¡Así que esta noche: a tirar rock con tenis nuevos! Voy a llamar a Gordo para que lleve mis discos de Niche y Arroyo para mandar salsa con Lucía que la baila rico. Ojalá no pongan mucho merengue…, claro que a Leonardo le gusta: lástima, no hay nada completo… Voy a comprar media de aguardiente para bebérmela con Leonardo. Le diré que es por la amistad y todo eso. Y que yo a él lo quiero, voy a decirle: a pesar de habernos golpeado fuerte (claro que yo le di más fuerte…). Pero que de todas maneras lo quiero, voy a decirle: y él pensará que como amigos, claro… ¿Qué tal decirle que no: que es porque estoy enamorado de él?...; sí: ¿y qué tal que me la reviente a golpes?... ¡Qué cosa más complicada! Estallársele a una pelada es facilito: casi no hay que decir nada, y si le dicen a uno que no, pues no pasa nada…, claro que eso hiere el orgullo. Pero si por ejemplo yo me le estallo a Leonardo, y él me dice que no…; y si fuera de eso empieza a hacerme desplantes y a tratar de humillarme… No; yo sé que Leonardo nunca haría eso: solo diría que no y ya…, creo. Pero de todos modos sería muy humillante: quedar uno como un marica… A la final es mejor no ir a esa fiesta.

Van a ser ya las cinco: ¿me baño o no me baño?... ¿Y si él me dijera que sí: que él también me quiere y que todo?... Al menos podría otra vez decirme que soy pinta: quién sabe…

Mamá pasa por mi cuarto y me dice que le baje el volumen a esta música de locos: muy cansona mamá.

No demora en venir Carlos: hace un rato llamó para pedirme prestada la chaqueta ovejera. Yo iba a usarla esta noche, pero él me ha dicho que Maritza quedó aturdida cuando se la vio puesta el otro día. "Se la presto si usted me presta a Maritza para bailar con ella", le dije. "Se la alquilo", me contestó. Entonces yo le dije que estaba bien, pero con derecho a cama: y él me mandó a comer mierda… Carlos es muy chistoso: lástima que tuviera fea la nariz. Leonardo sí es perfecto…, ¿cómo irá vestido hoy?: ojalá lleve uno de sus *jeans* apretados. Y yo debería ponerme el desteñido que me queda ajustadísimo: a Libia la mataba. Voy a hacerle unos cuantos rotos como se está usando ahora: a los pelados de la televisión se les ve muy rico…

Oiga eso, Felipe: está sonando una balada en inglés tristísima. Se siente como cuando usted se queda así, grandísimo idiota, pensando que Leonardo es muy bello.

Porque es bellísimo, ¿cierto? Qué rico fuera bailar esto con él: ahí sí no sonaría triste…

¡Maldición!: no vamos a ponernos ahora de tristeza, Felipe, con los ojos así: abiertos como un sapo: mirando el techo.

¡Y vámonos a esa fiesta!

—¿Me va a regalar un rotico?

—Sí…, ¿cuál quiere?

—Ese de la rodilla.

—No: ese ya me lo pidió Libia.

—¡¿Otra vez se cuadraron?!

—No… Yo creo que ya no nos volvemos a cuadrar.

—¿Por qué?

—Porque yo… O sea: después le digo.

—…

—…

—¿Todavía tiene esa media de aguardiente?

—Sí.

—¿Y la trajo solo para los dos?

—Sí, ya se lo he dicho como diez veces, güevón.

—Chévere. Pero salimos un rato: si nos la ven vamos a tener que repartirla.

Me mira y me dice que si salimos ya, pero ha empezado a sonar merengue y él quiere bailarse unos. Hemos estado sentados en la escalera esperando a que pase un rock que no nos gusta: el metal es una mamera. Él se pone de pie, mirando a quién sacar: yo me quedo mirándolo desde atrás y pienso que se ve mucho más lindo teniendo unos tragos en la cabeza: ¡con estas ganas de abrazarlo me veo grave! Leonardo le hace señas a Libia y ella le dice con un gesto que sí baila con él. Pero antes de ir, Leonardo se da vuelta, se inclina frente a mí apoyando sus manos en mis rodillas ¡y yo me estoy muriendo!...

—Guárdeme ese aguardiente, güevón —me dice—: tengo que decirle una cosa.

—Fresco —le digo, y él deja resbalar un dedo por entre el roto que me hice allí en la rodilla.

—Regáleme el rotico —me dice riendo.

—¡Váyase a bailar, pelota!: Libia lo está esperando.

—Me voy a cuadrar con ella.

—Fresco: cuádresela.

Sentado en las escalas veo bailar: apoyo los codos arriba de mis rodillas y me oprimo con el izquierdo sobre el dolorcito que me ha dejado Leonardo con su dedo.

Ahora Lucía viene a sentarse a mi lado: que por qué estoy tan solo, me dice; y que si estoy aburrido.

—No. Estoy riquísimo.

—¡Me mata su pantalón, Felipe! —me dice toda dulce.

—¿Le gusta?... Pero no vaya a pedirme ningún roto porque ya los repartí todos.

—Tan engreído —me dice sonriendo—. Y yo que le iba a pedir ese tan atrevido que tiene ahí arriba. ¿De quién es ese?

—No, todavía no es de nadie. Sino que lo tengo reservado.

—¿Sí? ¿Y a quién, Felipe?, cuente.

—A… —¡Casi le digo que a Leonardo: qué bruto!—. A Nastassja Kinski.

—¿Quién es esa?

—Una actriz lindísima… ¿Usted no ha visto *Tess*?

—No.

—¡¿Qué le pasa, Lucía?!, si esa es una película de lo más verraca. Apenas la vuelvan a dar la invito, ¿vale?

—Pero no se le olvide.

—No, a mí no se me olvida.

—…

—…

—Por qué no bailan… Ah, verdad que a usted no le gusta el merengue.

—Sí, sí me gusta: venga bailamos.

A la final no es tan malo el merengue, me digo. Claro que con Lucía nos entendemos bailando cualquier cosa: cuando pongan salsa más tarde no vamos a despegarnos… A cada vuelta miro a Leonardo bailar con Libia: muy juntos están; y se llevan bien, pienso: hasta hacen buena pareja…

—¿Le dan celos de Leonardo? —me dice Lucía que me ha pillado mirándolos.

—Sí…, un poco —¿qué más le puedo decir?—. Más bien es como envidia.

—A usted como que todavía le gusta ella…

—Sí… Pero eso no tiene nada que ver.

—…

—¿Sus papás se enojan si lo ven a uno tomando aguardiente?

—No dicen nada; pero a ellos no les gusta —me dice Lucía—. ¿Usted trajo aguardiente?

—No.

—Creo que papá tiene una botella escondida. Si quiere le consigo un trago.

Yo le digo que no, que mejor salgo a comprar; y pienso que ya tengo una excusa para salir con Leonardo un rato… La mamá de Lucía le está bajando el volumen al equipo, y agita toda alegre los brazos diciendo que nos va a repartir consomé de pollo: es linda esa señora. Le digo a Lucía que me guarde consomé porque voy a salir a lo que sabemos… Libia se ha ido a poner baladas en el equipo, y Leonardo viene a buscarme.

Leonardo se mete las manos en sus bolsillos porque está soplando una brisa fría. Unas casas más allá vemos un árbol y él me dice que nos sentemos detrás para que nadie vea.

—¿Dónde la tenía?

—Entre la chaqueta de Memo.

Yo abro la botella y se la ofrezco.

—Mándese usted el primero —me dice, y yo me lo mando…

—¡Uff!: me entró feísimo.

—Pero después se siente delicioso.

Él se bebe un sorbo largo, y hace una mueca chistosa porque está muy fuerte…

Aquí estoy con Leonardo…, pienso.

—…

—…

—¿Todavía quiere devolverme el golpe? —le digo: solo por decir algo.

—Sí…: un día de estos.

—…

—¡Mentiras! —se ríe—… ¡Qué frío tan verraco!

—¿Quiere otro poco?

—No: después.

—…

—¿Usted por qué terminó con Libia?

—¿Ella le dijo algo?

—No.

—…

—Pero está como triste ella.

—Sí…

—Tan raro…: ella es muy bonita.

—Sí, pero…

—…

—Lo que pasa es que yo no la quiero.

—Ah…

Este frío me golpea en los tobillos…, y tengo que guardarme los labios entre los dientes para que no me tiemblen: ¿por qué me temblarán siempre los labios?…

Abrazándome las rodillas, estirando mi cuello: son tan rojos los tejados en estas casas, pienso. Y es negro el pavimento…: ¡qué ganas de salir corriendo!...

—¿Por qué… por qué le dio por traer aguardiente para los dos nomás?

—No sé…; por lo de la pelea: como para disculparme.

—Ah… Si vuelve a jugar con nosotros en el equipo lo disculpo.

—Claro.

—… Sin usted ese equipo no es nada.

—…

—Usted también se ve como triste —me dice.

—¿Sí?

—¿Será por Libia?...

—… No.

—¿Entonces por qué está triste?

—Yo no estoy triste, güevón.

—…

—…

—Debe ser que tiene frío entonces…

—… Sí: debe ser.

—…

—¿Y qué era lo que iba a decirme?

—¿Qué cosa?

—Yo no sé… En la escalera: usted dijo que tenía que decirme una cosa.

—Ah…, sí.

—…

—¿De verdad no quiere a Libia?

—No… ¿Por qué?, ¿quiere cuadrarse con ella?

—Sí… No, mentiras; yo no quiero nada con Libia.

¿Y conmigo?... ¡Ah, ya deje la bobada, Felipe!: Leonardo nunca…

—¿Entonces?...

—Es que no… no es una cosa lo que quería decirle. Es como una pregunta.

—¿Qué pregunta?

—Es que… ¿a usted…? No: de pronto usted se emputa conmigo.

—No, yo no me emputo nada.

—¿Seguro?

—Seguro.

—¿A usted le…? ¿Por qué se rompió el pantalón así?

¡¿Y esa era la pregunta?!

—Para que usted me… —¡No, Felipe!—. ¿Por qué me pregunta?

—Por nada.

—¿No se me ve bien?

—¡Sí!: se ve muy bacano.

—Ah, bueno… —"Se ve muy bacano": ¡qué chévere!—. Para eso me lo rompí.

—¿Para qué?

—Para que… —a usted le gustara, Leonardo—. Para verme así.

—Sí: se ve todo buenote así.

¿"Buenote"?: ¡uff!

—…

—Felipe…

—…

Este Leonardo está más raro… ¿Estará borracho?

—Felipe, ¿a usted…?

—…

—No se va a emputar, ¿no?

—No.

—¿A usted le gustan… le gustan los hombres?

¡¿Los hombres?!

—No.

—Ahh…

¡Los hombres!: ¡¡pero qué grandísimo güevón soy, Dios mío!!

—O sea… sí me gustan. No los hombres… Es que… ¡uff, qué preguntica!

—…

—Lo que pasa es que yo…

—…

—A mí solo me gusta usted.

—¡¡¿Sí?!!

—¿Le… le molesta?

—¡Para nada!

—…

—…

—…

—Malparido Felipe, ¿por qué no me lo había dicho?

—Y cómo quería que se lo dijera, güevón…

—…

—…

—Yo…

—¿De qué se ríe?

—¿No…? ¿Es que no ve que yo también estoy como enamorado de usted?

—…

—…

—"Malparido, ¿por qué no me lo había dicho?".

—"Y cómo quería que se lo dijera, güevón". Además, se lo estoy diciendo, ¿no?

—…

—…

—Tan caso… Tenga: tomémonos otro.

—Sí: tomemos.

—…

—…

—Y ahora, ¿qué?

—No sé… ¿Nos casamos? 10

3

Leonardo está bebiendo su trago despacio. Y yo me siento como si estuviera a punto de cobrar un penal, como si ya hubieran pasado todas las jugadas: la lucha por entrar al área, la falta dentro de las dieciocho y todo eso; como si ya tuviera el balón frente a mí: los nervios, claro…; y uno sabe que tiene que patear, y uno quisiera ya haber metido el gol para salir corriendo: la celebración, los abrazos, el equipo entero encima de uno ahogándolo de alegría…: pero el balón todavía está ahí, quieto, y es como si uno no supiera qué es lo que tiene que hacer. Y yo miro a Leonardo, a sus labios: y es tan parecido… Entonces le digo que ahora qué: él está mirando el pavimento y dice que no sabe; me mira a los ojos y dice bromeando que si nos casamos.

Y nos da risa.

—¿Quiere que le sirva un trago? —me dice.

—¿Y en qué?

—En mi boca: ¿en qué más?

—¿Como un puente?

—¿Quiere?

—Hágale… ¿Verdad?

Claro que es verdad: si estamos aquí solos: y es tan tranquilo todo: como si no se sintiera nada: ni siquiera el frío del sardinel en el culo; y los ojos pueden quedarse quietos en la boca de la botella metiéndose en su boca: casi se oye el aguardiente resbalándose por la lengua… ¿por qué se demora tanto haciendo buches ahora?...

—Ya —le digo, porque me estoy muriendo.

—Espérese —me dice tragándoselo—: ¿no ve que se lo estaba entibiando con babas?

—Qué cochino.

—¿Le da asco?

—¡Qué va!

Otra vez se manda el sorbo; y otra vez se demora, solo para que yo me hernie: entonces hago como que no me importa y miro las casas de enfrente: todas las luces están apagadas; la calle está vacía… Leonardo me pone su mano en la mejilla, y hace que vuelva hacia él mi rostro: sus labios mojados se entreabren como los míos: ¡y acercándonos es tan mala nuestra suerte!...

A punto de rozarnos hemos escuchado voces: a Leonardo se le ha atragantado el aguardiente y tosiendo ahogado me lo ha escupido por todo el rostro: ¡qué chasco!

Él se vuelve para mirar y me dice que son Carlos y Coloso; y que van hacia la otra esquina. Mientras me limpio la cara Leonardo les chifla llamándolos, y les muestra la botella.

—¿Para qué los llama, güevón?

—Fresco; no se dieron cuenta…

Ellos vienen y se beben el cuncho: que tan tapados, nos dicen; y quieren que los acompañemos a comprar más, pero Leonardo les dice que no: porque estamos arreglando un problema.

—Ah: verdad que andamos de reconciliación —nos dice Coloso; y Carlos sonríe como si le alegrara eso.

Que parecíamos idiotas peleando como dos maricas, nos dicen: que muy chévere que ya estemos bien. Y se van a buscar una tienda.

—La chaqueta que tiene Carlos es la suya, ¿cierto? — me dice Leonardo mientras ellos doblan por la esquina.

—Sí…

—A mí me gusta cuando usted se la pone.

—Ahora que vuelva Carlos se la quito.

—No: así como está me gusta más.

—¡Ah!: yo le tenía a usted una cosa.

Un carro entra a la cuadra y se estaciona en una casa de enfrente: una pareja viene dentro, vemos; pero no se bajan: se quedan dándose besos.

—¿Qué cosa me tenía?

—Este roto de aquí.

—Ahh…, ¿de verdad?

—De verdad: Lucía me lo pidió; pero yo se lo guardé a usted, ¿qué le parece?

—¿Y me va a dejar meter por ahí?

—Si cupiera…

—Pero un dedo sí me cabe… Venga: baje esa pierna…

Él desliza su mano, con disimulo, y resbala un dedo entre mi roto… o sea: entre su roto: y yo ya me siento como cuando a uno lo mata un rayo, o algo así…: es terrible.

—Lástima no ser Arturito —me dice.

—¿Qué Arturito?

—Arturito: el robot de *La guerra de las galaxias*.

—¿Y para qué?

Podría desatornillarme el dedo y dejarlo ahí.

—Tan romántico, el güevón —me burlo y él me entierra el dedo para vengarse.

La pareja del carro ha dejado de besarse y ahora conversan: nosotros esperamos un poco.

Ahora otra vez se dan besos…

Ahora otra vez hablan…

Y se dan más besos.

Leonardo me mira y yo le digo que no vamos a poder arreglar el problema: él otra vez me entierra su dedo; pero suave. Y volvemos a entrar en la fiesta.

La casa de Lucía está llena de gente: y es grande esta casa. Casi todas las muchachas vinieron con sus hermanos. El pobre Carlos ha tenido que aguantarse al de Maritza que es de lo más inmamable el güevoncito. Y el de Patricia parece un… ¿cómo se llaman los que cuidan los harenes?…: el bobo piensa que se la van a comer a Pato:

¡viendo que ella y Fabio ya se han gozado en el colegio!; y
en todas partes, yo creo. Porque Patricia y Fabio se quieren harto: yo creo que con el tiempo van a parar casados,
o algo así. Pero ojalá no la caguen, porque Patricia es la
más inteligente del curso y dice que va a ser médica. Y es
más buena gente Patricia. Casi como Lucía…

Libia todavía está resentida porque le dije que no la
quiero, pero aquí estamos bailando como si estuviéramos de novios: es rico estar así con ella: las cosas claras.
Y nos llevamos bien bailando. Claro que yo quería mandarme este disco con Lucía; pero Leonardo la ha cogido y
no ha querido soltarla…; ¿o será ella la que no ha querido?: ahora que me acuerdo a ella le encanta Leonardo…
Ah, Lucía: yo ya me le adelanté… ¡Sí: yo me le adelanté
y es ella la que está bailando con él!: cómo son las cosas.

Ya se acaba el disco: me doy un beso con Libia y la
acompaño hasta una silla…; ¡uff!: pusieron un casete
de rock: este me lo bailo con Maritza…: no: primero le
consigo gaseosa a Libia porque está cansada. Paso junto
a Leonardo y él me da un abrazo haciéndose el borracho:
yo también me hago y lo aprieto durísimo. Y me voy
detrás de Lucía para pedirle gaseosa.

—No: para usted no hay nada —me dice Lucía—;
usted no ha bailado conmigo.

—¡Umju!: como andaba tan divertida con Leonardo…

—¡Ay, sí!: venga le pregunto una cosa, Felipe —me
dice toda cosquillosa; y me lleva a la cocina.

—¿Qué cosa?

—¿Leonardo tiene novia?

—Ah…: yo no sé, Lucía —y de verdad no sé, me digo.

—¿Se acuerda de que él era novio de Magdalena el año pasado? —me dice toda pensativa—…; pero como los papás de Magdalena se fueron de Bogotá.

—Yo sí he bailado con usted.

—Sí… ¿Será que él tiene novia en el barrio?

—No sé. Pero yo le pregunto.

—Ay, sí, Felipe: es que a mí me da pena.

—Si me da gaseosa, le pregunto…

Voy a llevarle gaseosa a Libia sintiéndome como una rata con Lucía. Libia me recibe el vaso y me dice gracias nada más con una sonrisa: es bien linda ella… Coloso está hablando con Leonardo y Fabio; y me llama: me pregunta si es verdad que volveré a jugar en el equipo, y yo le digo que sí:

—Tendré que cancelar mi contrato con Millonarios, claro…

—¡Qué haremos, pues, con la Gambeta Estrada! —me dice Fabio.

—Iguarán, por favor: Iguarán —le digo de lo más pedante.

Nos quedamos hablando de fútbol y me pongo a pelear con Coloso porque él dice que Pimentel es mejor que Iguarán: yo le digo que no se puede comparar, porque uno es defensa y el otro es puntero; pero que de todos modos, Iguarán es el mejor jugador de Colombia (al menos tiene las piernas más bonitas, pienso). Entonces Coloso me dice que yo estoy loco, y Leonardo lo apoya; y seguimos discutiendo, pero solo por sacarnos el mal genio: cosas del fútbol.

Ya va a ser la una de la mañana. Coloso y Fabio se han ido a bailar, y con Leonardo estoy sentado en la escalera porque otra vez han puesto metal. Él me pregunta si es verdad que yo creo lo de Iguarán:

—Sí…; además es el que tiene las piernas más buenas, ¿cierto?

—Yo no sé —dice él riéndose—. A mí no me gustan, por lo menos.

—A mi sí…, ¿a usted cuál le gusta?

—El Pibe me parece pinta.

—Sí…

—Claro que lo que más me gusta del Pibe es que es inteligente. Y siempre juega limpio.

—Sí…: será por eso que se ve pinta.

—…

—Lucía me preguntó si usted tenía novia.

—¿Sí?; ¿y usted qué le dijo?

—Que no sabía… ¿Tiene?

—No. Pero ahora lo tengo a usted, ¿cierto?

—¿Sí?

—¿No?

—Sí… Pero no es igual que con Magdalena.

—¡Claro que no!: ¿no ve que a usted lo quiero?

—…

—¿Por qué será? —me dice.

—No sé…: porque tiene buen gusto, supongo.

—Sí… Estoy que me reviento por darle un beso.

—Yo estoy igual…

—…

—…

—¿Nos vamos de aquí, Felipe?...

—¿A dónde?

—Vamos a andar…

"Querido Diario, dos puntos, ¡Leonardo me ha dado un beso!"…: el problema es que no tengo diario. Pero, al menos, habrá que hacer una equis en mi calendario… Mejor una equis: los diarios son una mariconería… Saco mi billetera y lo busco: junto a mi lista de teléfonos está: en septiembre ya anda un poco ajado: pobre. Querido calendario: zas-zas… Se siente frío contra la columna donde estoy recargado sin mi billetera en el bolsillo: mi billetera en mi mano: aquí está mi tarjeta de identidad: qué mal ando en esa foto…: tarea para la vida: no dejarle ver mi tarjeta a Leonardo… La foto de Libia está aquí. Querida Libia: zas-zas, porque Leonardo me quiere…; mentiras: Libia es bonita, y no hay que tachar las cosas bonitas… eran suaves los labios de Libia. También son suaves los de Leonardo, pero son más carnositos. Y es distinto un beso de Leonardo a un beso de Libia. Claro que… Libia nunca me dio un beso, ahora que recuerdo: yo siempre la besé a ella… Querido septiembre: zas-zas porque es la primera vez que me dan un beso; y fue uno de Leonardo, querido 17: él me llevó a la cocina de Lucía, para beber agua, dijo; pero tras la puerta me puso un beso: y sus dientes mordisquearon mis labios, y la punta de su lengua se quedó un rato acariciándose con la mía, y mis dientes mordieron su lengua dulce… ¡y eso es como darle un mordisco a Dios!, querido domingo a las dos y pico de la mañana mientras espero a Leonardo.

A la una y quince le dije a Lucía que tendría que irme: a ella le pareció muy raro. Ahora no tarda en salir Leonardo para venir a verme y eso la va a poner triste. ¡Maldición!: ¿por qué tiene que haber gente triste por mi alegría?, Dios…, o sea: querido Dios. Tal vez también Él esté triste…: ¿será?; ¿por besarme con Leonardo?... Yo no creo: porque fue muy rico. A mí me pareció. Solo con recordarlo se me para. Claro que a mí se me para con pensar cualquier cosa de él…: de verdad: cuando nos peleamos me dio un golpe que me dejó un morado en el pecho, y yo me he hecho como mil veces la paja tocándome el dolorcito: es terrible. Me da risa: porque siento que la tengo como el dibujo del carrito de perros calientes de la esquina. Yo debería comerme un perro porque tengo un hambre que me lleva… No: mejor espero a Leonardo y lo invito. El muchacho del carrito está despachando uno, y pone la salchicha sobre el pan… Ponérsela así a Leonardo. Y metérsela en su culito… ¿Qué se sentirá?... Al menos cuando me hago la paja y pienso en que se siente muy rico; se siente uno de lo más machito y todo…: qué cosa más morbosa los perros. ¿Será que Dios se enoja por pensar uno eso? ¡Qué pregunta más idiota!: nada más el profesor de religión ya me habría cruzado a trompadas. Si el de historia supiera que Leonardo y yo nos besamos, me lo imagino vomitándose del asco… Y hasta razón tendría. Porque, por ejemplo, si esos dos señores que están esperando bus se besaran como novios a mí me daría asco. Pero están borrachos y de todas formas se abrazan a veces como si fueran novios y no me da nada: qué raro…

¿Por qué demorará tanto Leonardo?: si quedamos en vernos aquí, frente al Teatro Palermo, a las dos y media y ya son… las dos y diez: ¡qué ganas de que llegue! ¿Me besará otra vez?: si él no me besa, yo lo beso. Voy a comprar chiclets porque si comemos perro, la cebolla… ¡Qué beso!; y de una me puso la mano entre las piernas, y también me acarició en el roto y en las nalgas me apretó… Dios mío: todo eso en un segundo: qué tipo más rápido…

Y qué ganas de orinar. Pero aquí no se puede…

Ahí viene…; dos y quince: ¡lo amo a este güevón! Se ve lo que se dice hermoso, y voy a gastarle perro con gaseosa por eso. Lucía casi no lo deja salir, me cuenta (fresco, Felipe; no es culpa suya; además, usted qué puede hacer…).

Nos sentamos en las escalinatas de esta casa a comer perro. Me acuerdo del recreo del viernes, porque me doy un sorbo de gaseosa y Leonardo está aquí, y por eso me acuerdo. Le cuento lo que me puse a imaginar besando la botella, y a él casi se le atraganta el sorbo que se ha mandado porque le da risa.

—¿Y tiene ganas de chupármela? —me dice.

—Sí. Pero usted me la chupa primero a mí.

—No. Usted primero.

—No. Usted.

—¿Un cara o sello?

—Échelo…

Perdí.

Decimos que vamos a andar por la séptima: a los dos nos gusta esa calle. Subimos por la 45: la calle está vacía; Leonardo echa un brazo sobre mis hombros y seguimos sin decir nada.

En una mediacuadra oscura él me ha puesto un beso, y ahora que llegamos a la séptima nos vamos pateando una piedra. Él se burla de Iguarán porque me ha metido un túnel con la piedrita (y de taquito: ¡qué humillación!). Entonces nos quedamos jugando túneles frente a la Javeriana, hasta que yo le hago uno para quedar empatados; y seguimos andando con las manos entre los bolsillos…

Otra vez me entran deseos de orinar; pero casi hemos llegado al Parque Nacional y allí hay un árbol grande: en ese árbol sí puedo porque está oscuro y por aquí no hay nadie… Yo le digo a Leonardo que me espere; pero cuando llego al árbol él se ha venido conmigo…

—Váyase porque no puedo…

—Sí puede…

¡Cómo va uno a poder nada: si él se queda cogiéndome por detrás…, mordiéndole a uno el cuello: madre mía…!

Y cómo es de difícil cuando está parada…; pero de todos modos se puede y ya descanso… ¿Me doy vuelta y se la muestro?:

—Vea cómo me tiene usted…

—Se ve muy rica.

—Qué dura, ¿cierto?

—Sí… muy dura —me dice, y me va desabrochando la pretina.

—¿Qué hace?

—¿Qué cree?

—…

—Voltéese.

—¡No!: ¡qué tal!

—Voltéese, güevón…

—…

Dios, ¿se volvió loco este tipo?… ¿Qué hace?: ¡¿aquí en la calle?!

—¡Mjj!

¡Mal-di-ción: cómo duele!

—¡¿Le duele?!

—No…

—¿Me quito?…

—No, no se quite…

¡Por qué se va a quitar: si lo que usted quiere es darme, bonito!…: solo es cosa de apretarse la mejilla contra el árbol… bien fuerte…

—¡Qué culo tan rico, Felipe…!

—…

Dios, ¿por qué tiene que doler tanto?...

—Estese quieto.

—¿…? —"¿Estese quieto?": si yo estoy quieto…

—Está pasando un muchacho… y nos está mirando el hijueputa.

—Cuidado, pelados: por allí vienen unos policías.

¡Maldición!: ni siquiera saco la cabeza para mirarlo; y me subo el pantalón despacio: ¡qué chasco! Todavía se vuelve y nos dice que frescos: que nadie ha visto nada. Y sigue andando por donde vinimos.

—Buena gente ese tipo…

—Sí… —¿qué se hizo el botón de mi pretina?...

—¡De verdad le dolió! —me dice Leonardo: porque él me ha dado la vuelta y a mí me han lloroseado los ojos.

—No es nada: fresco.

Y nos damos de rapidez otro beso antes de volver a la acera.

—Lo siento…

—Yo lo siento más —le bromeo y él me echa su brazo—. Que no fue nada: ya le dije…

De verdad: si es como delicioso doler así…

Cuando llegamos a la otra esquina del parque vemos a dos policías rondando cerca de la estatua de Uribe.

—No nos habrían visto —dice Leonardo.

Y seguimos caminando hacia el sur.

—¿Y ahora qué —me dice.

—Respirar…

—…

—¿Quiere… quiere quedarse en mi casa?

—Sí…, ¿no dicen nada?

—No… ¿Además, qué tiene de raro?

—Nada —me dice.

Y sonríe. Y otra vez me echa el brazo. Y la felicidad. Y este dolor. Y todo…

A través de los vidrios del portón vemos que hay luz en la cocina de mi casa… Antes de sacar mis llaves ya veía la sombra de papá venir: seguramente se ha levantado a beber algo: pa siempre se levanta a beber algo. Nos ha abierto la puerta.

—Se terminó temprano la fiesta —nos dice como saludando.

—No: es que estaba aburrida esa fiesta —le digo—. Vea papá: él es Leonardo, ¿se acuerda?

—Qué tal, joven —le dice papá todo amable—. Siga y siéntese.

Él entra en la cocina mientras nos sentamos en la sala y ponemos baladas en el equipo. Me acuerdo que Leonardo quiere beber agua y le grito a mi papá, con todo respeto, que me traiga un vaso.

—Si quieren comer algo, creo que su mamá dejó tortas en el horno —viene a decirnos—… Vea pues el agua.

—No: es para Leonardo.

—Ah, pues debería ofrecerle mejor un jugo a su amigo.

—Así está bien, señor.

—¿Bebieron mucho?

—No, solo unas cervezas —le digo—… Y un poco de aguardiente.

—Bueno —dice él con cara de no creerme: bromista que es—. ¿Usted es el famoso Leonardo?

—¿Cómo?

—Sí; él es.

—Felipe dice que usted es el mejor jugador del equipo.

—No. Felipe es mejor.

—Sí; él juega más o menos… ¿Y cómo van los estudios?

—Bien…; van bien.

—No descuiden eso: el fútbol es bueno, pero…

—Solo caben once en un equipo —le dice Leonardo.

—Solo once, sí —se ríe pa—… Bueno: acuéstense pronto muchachos; ya se acabó la fiesta.

—Ahora vamos.

—Revise la puerta del garaje, Felipe. Que duerma, joven… Y cuide esa izquierda.

—Claro.

Papá sube a su cuarto y yo me paso al sofá donde está Leonardo.

—Chévere su papá.

—Sí: es todo buena gente.

—Yo me timbré cuando dijo lo del famoso Leonardo. Pensé que…

—¡Qué tal!

—¿Qué diría?

—No sé. Mañana le preguntamos.

—Sí: muy chistoso… Pero, sin picárnolas, nosotros somos los mejores de ese equipo, ¿cierto?

—Y los más pintas.

—¡Marica! —se ríe él.

—Bueno: usted no pero yo sí.

—¿No?… Usted una vez me dijo que yo estaba muy bueno, ¿ya se le olvidó?

—Cómo se me iba a olvidar, pelota: si a usted parece que lo hubieran hecho a mano.

—…

—…

—¿Sabe a mí qué es lo que me más me gusta de usted?

—¿Qué? —le pregunto: y Felipe se queda a la expectativa mientras él bebe su agua: qué será, qué será… Seguro va a decir que le gusta mi pelo: Libia decía que eso era lo que más le gustaba… ¿o eran mis labios? Claro que mi cuerpo… ¡Ande: ya no me mire más y diga!… Seguro va a decir que mi pelo.

—La curva que le pone al balón.

—¿Sí? —me río con toda la risa.

—No —me sonríe—. Lo que más me gusta de usted es todo. Usted es muy bello: parece un italiano.

—…

—Venga: deme un beso…

—…

……………

—¿Tiene sueño?

—Un poco.

—… Vamos a mi cuarto.

—¿Sí cabremos en su cama?

—Casi no; pero ¿qué le vamos a hacer?...

Y subimos.

Pero yo vuelvo a salir porque olvidé apagar la luz en la cocina. Además hay que revisar el garaje…

Un italiano…

Hace frío en el garaje: voy a subir para abrazar a Leonardo, pienso. Y me entra más frío.

Leonardo está mirando mis casetes… Hay que espichar el seguro, Felipe.

—¿Dónde consiguió ese afiche del guitarrista?

—En el Museo de museos.

Me dice que no conoce el Museo de museos: voy a llevarlo, pienso. Y que a mí cómo me gusta lo del arte, me dice. Entonces me acuerdo de mis dibujos de futbolistas: le digo que si quiere verlos y él dice que sí quiere. Y nos sentamos sobre la alfombra, escuchando canciones de Mecano que Leonardo ha puesto, mientras miramos los dibujos.

—Qué grupo verraco Mecano, ¿cierto? —me dice.

Y me pregunta qué hice el dibujo de un muchacho en un mar que llevé al colegio el año pasado: "Ese se lo regalé a Lucía", le digo… A él le gustan mis futbolistas, parece: porque quiere que le regale uno. Yo le doy el que más me encanta: uno que está tirado sobre la gramilla, doliéndole una patada, o algo así. Y le digo que ese es él.

—¿Sí?

—Sí: ¿no ve que tiene su número?

—Jmm —me dice, y yo creo que le causa mucha ternura eso porque se queda mirándome así—… ¿Y por qué me dibujó de esa forma?

¿De esa forma?: ¡si yo lo he dibujado de todas las formas!…

—Yo no sé: es que usted… No: es una bobada.

—¡Diga!; "usted", qué.

—O sea… es que cuando usted se cae y…, porque le han dado una patada y eso, y usted se retuerce así, a mí me dan ganas de ir… como a consentirlo…; yo no sé, algo así.

—…

—Además usted se cae, y entonces… pues se le ve como todo debajo de la pantaloneta. Y… es tan linda la… esta curvita de atrás de las piernas… Yo quisiera que se quedara ahí quieto, y pasarle así: despacio, despacio los dedos. Y… ¡a mí usted me mata cuando se cae!

—…

—…

—…

—Esa: es la canción que más me gusta… —de Mecano—. Qué frío, ¿cierto?...

—… Usted es tan bello, Felipe.

—Pues… sí, ¿no?

—Quítese ese pantalón.

—¿El pantalón?

—… ¿Por qué se ríe?

—No me estoy riendo. Es…

Es que es muy chistoso: ¡"Quítese ese pantalón"!...: ni que fuera mi papá dándome órdenes.

—Quíteselo…

Ah, pero es delicioso: escucharle decirme cosas como… ¿si yo fuera suyo? O algo así.

¡Qué remedio!: si aquí sentado frente a él, con la cara sobre las rodillas mirándole sus zapatos: su trasero entre la alfombra detrás de los zapatos, y el bulto todo crecido entre las piernas: es tan hermoso Leonardo que uno no tiene más remedio que pensar: ¡seamos de él, pues!

Y me echo hacia atrás un poco para abrirme la pretina y bajar la cremallera. Y me dejo caer sobre el piso, mirando el techo, porque él se ha puesto a desatar los cordones de mis tenis; y ya los saca… Debo apoyarme sobre la espalda para sacar el pantalón de mi cintura: Leonardo me ayuda tirando desde las botas; me lo quita despacio, y yo me quedo mirando cómo lo coge:

—¿Este es mi roto? —dice.

Y me morbosea metiendo su lengua en él, besando mi bragueta, y pasándosela por la cara como yo hice con sus pantaloncillos en el colegio: arremedándome, claro, porque se saca un suspiro grande para burlarse. Y nos reímos.

—Usted me iba dando por la cabeza cuando hizo eso —me dice, y se queda mirándome las piernas sin decir nada.

Ahora me mira a los ojos y me pregunta si todavía me duele: yo le digo que no. Pero sí me duele: un poco… O sea: no me duele, pero se siente como cuando uno quiere ir al baño; no es igual pero se parece… Más bien es como cuando uno ya ha ido: un dolor como de placer. Más raro.

Y él sigue mirando mis piernas como si le gustaran mucho. Y yo creo que de verdad le gustan porque se viene besándome desde las medias y en las rodillas me muerde… ¡no vamos a gritar ahora, Felipe!: no estamos jugando un partido, pelotudo…; estese callado, no sea que papá venga y qué va a decir viendo a Leonardo besándole a uno las piernas, mordisqueando suave sobre los pantaloncillos: no hay que hacer ruido, Felipe…; deje que Leonardo bese, y usted grítese pasito hacia adentro aunque sienta mojarse el ombligo con su lengua…: si es facilito sentir sus dientes sin decir nada… y estarse quieto cuando sus manos se meten bajo los brazos, y los dedos se entierran en la espalda, y sus labios le suben a uno por el pecho…; ¡qué importa que la camiseta se enrede en el cuello!: hay que sacarla como se pueda, Felipe: como cuando usted se la saca de la dicha porque ha marcado un gol lindo… y así sus labios pueden seguir viniendo para besarnos mucho en las bocas hasta cansarnos mucho y quedar abrazados con todo el cuerpo como cuando se abrazan felices los futbolistas y se quedan quietos en una foto…

—…

—…

—Nosotros… somos como novios, ¿cierto, Felipe?

—¿Y qué le hace pensar eso? —le bromeo, y me froto los labios en su oreja.

—¡Pelota! —me dice riendo.

—…

—¿De verdad no le duele?

Yo lo miro y le digo que no con un gesto porque él me suelta hilillos de saliva en los labios ¡y así uno no puede decir nada!

—Yo sé qué hacer para que no le duela… ¿Me deja metérsela? ¿Sí?

—¿Qué me da si me dejo?

—… Cierre los ojos y le muestro.

—Ya.

—Ábralos.

—… Yo no veo nada.

—No: era para preguntarle si le puedo dar vuelta al casete.

—¡Pues claro!: si usted quiere…

—Ciérrelos otra vez. Estese quieto mientras busco una cosa que traía entre el pantalón… No los abra.

Tan astuto, me digo: porque yo ya sé qué es lo que va a darme; y abro un poco los párpados para mirar. Pero él se da cuenta: me dice que no haga trampa y me cubre la cara con mi camiseta.

¡Qué lástima no mirar!... Ya salieron los zapatos...
Debe estar soltando los botones de la camisa porque
no se oye nada... La cremallera bajando sí se escucha.
Y el pantalón cuando sale es mucho ruido: qué ganas
de verle sus piernas ricas... ¿Se habrá quitado los
pantaloncillos?: ya debe estar desnudo... ¿...? ... Ah:
el casete.

Ahora sí viene.

—¿Listo, Felipe? —me dice bien bajo. Se sienten
calientes sus nalgas sobre mi pecho...

—Listo.

—Ya: ábralos.

—¡...! —¡Dios mío!...

—Acuérdese que yo gané el cara o sello.

—...

....
....
.... ¡Qué verga tan bonita, mi Dios!
....

....
....
....
....

—...

—...

90

—¿Me va a dejar?

—…

—Voltéese.

—…

—Levante el culo, Felipe.

—…

…………………………………………………………

…………………………………………………………

…………………………………

…………………………………………………………

…………………………………………………………

…………………………………………………………

—Pipe…

—¿…?

—¿Se durmió?

—No…

—¿Sí le gustó?

—Hartísimo…

—No dolió, ¿cierto?

—Un poquito.

—No le escucho…

—Que no…, solo al principio.

—…

—…

—¿Está llorando, Felipe?…

—No. Es que yo no sé por qué se me llorosean…
Pero es como de estar bien.

—Hable más duro que no le entiendo…

—Que no es nada: maricadas mías…

—¿Pero está bien?

—Sí.

—…

—…

—¿Tiene frío?...

—Casi no.

—Venga: metámonos en su cama.

—…

—¿De verdad está bien?

—Sí…

Y todavía le sonrío para que me crea: si es como la felicidad sentirle sus piernas debajo de la cobijas…

Dios debe estar mirándonos desde arriba: como un espejo en el techo.

Pero Leonardo me abraza.

Así no se siente miedo…

4

"Nombre: Felipe Valencia Arango...": siempre olvido marcar la hoja. "Fecha: octubre 19...": hace dos días cumplimos un mes. Ayer por la noche fuimos a cine, y Leonardo me invitó a comer pizza: para celebrar... Claro que esta noche iremos a un motel para celebrar como se debe.

"Nota: ...": yo podría colocarme de una vez el diez: porque todas las respuestas las tengo perfectas; y si no: revisemos... Esta evaluación me quedó de lo más elegante como dice el profe: para algo soy bueno en álgebra, ¿no? Claro que en la pasada me fue remal. Por andar tirando con Leonardo, claro. Al profe le pareció muy raro: "Hasta usted me ha defraudado", me dijo. Eso lo dijo porque casi todos perdimos esa evaluación, y su dilecto alumno, yo, estuve entre los casi todos. Pero él cómo iba a entender que uno no se está lo que se dice desvirgando todos los días, y que no se tiene cabeza para estudiar álgebra pensando todo el domingo en Leonardo encima de uno; ¡además, yo qué le iba a decir eso al profe! Aunque Patricia, que es la más dilectísima, le sacó un diez; y también a Leonardo le fue bien… ¿cómo haría?: él nunca hace trampa: mi amigo siempre juega limpio. Decir mi amigo suena muy rico; porque novios es muy chistoso… Pero esta vez, la evaluación le está dando a Leonardo por la cabeza, parece. Porque… apenas va en la dos. Claro que yo terminé de responder rapidísimo, y ahora el profe me está diciendo que qué me pasa porque me ha pillado mirándole la hoja a Leonardo; y yo mejor me paro y le entrego la mía, no sea que piense que me estoy copiando…

Pero es una lástima tener que salir del salón; yo quería estar otro rato mirando a Leonardo desde atrás…: cuando Leonardo inclina la cabeza, le brilla la pelusa que tiene bajándole de las patillas; se le pone de un color como el de los ladrillos, pero más doradito. Y entonces cuesta mucho trabajo ponerle atención a la clase. Además porque él sabe que yo lo miro, y a cada rato se está mojando los labios con la punta de la lengua, como mirando las cosas de su pupitre, para decirme que tiene ganas. ¡A mí se me para siempre que él hace eso!; y yo siempre me digo que no volveré a mirarlo en clase, claro que nunca lo cumplo, porque es muy incómodo que a uno se le pare y empiecen a doler los pelitos cuando se enredan y casi no hay manera de disimular para acomodárselo uno.

Nada más con pensar en eso ya se me puso como lanza en astillero, como dice Leonardo. Leonardo dice que eso es una cosa del *Quijote*, que es el libro que más le ha gustado en la vida después de *Oliver Twist*. Claro que no se puede comprar, dice. Él ya me prestó *Oliver* y yo me lo leí de una: ¡más bueno ese libro! Y dice que también debería leer el *Quijote*. Porque se ve muy bello. Y porque de todos modos el otro año tendremos que leerlo para literatura. Pero como es un libro muy gordo…

¡Ve: qué bonito este ciempiés!...

—A ver…: suba, suba…

¡Qué cosquilloso se siente!...

—¿Usted ya se leyó el *Quijote*?

¿O usted es un ciempiés insensible?: como yo… Leonardo me prometió que en vacaciones lo leeremos para que yo me vaya civilizando con la literatura (¡malparido!). Pero, para no dejarme echar tierra, yo le he prometido llevarlo a Medellín, donde mi tía, para que miremos libros de pintura.

—¿Qué le parece, bichito?...

Y encima le he prometido enseñarle a manejar carros; si mi papá me presta la camioneta, claro… Me da risa: porque andamos tan prometedores que nos hemos prometido querernos hasta que la muerte nos separe: con eso tenemos asegurado querernos, por lo menos, hasta salir del colegio. Y que después veremos; porque de pronto a mí el amor se me acaba:

—Leonardo siempre me dice eso…

Pero yo no creo: para la muestra un botón, me digo; y me lo acomodo sin disimulo porque no hay nadie por el patio.

—Y usted no se lo va a andar diciendo a nadie, ¿cierto?

¡Qué lindo este hijueputa!... ¿Para qué tendrán tantas patas los ciempiés?...

—¿Para hacerle el amor a las ciempatas?...

¡Qué idea!: yo debería llevármelo, y ponérselo esta noche a Leonardo para que se dé un paseo por todo su cuerpo: y yo quedarme bobo mirándolo... ¡Dios, qué lindo sería! Y tomarle una foto cuando le suba por las nalgas y todo... O hacer una película: *Ciempiés en el país de las maravillas*...

—No... no se suba por el brazo que me pone nervioso.

A ver, a ver: guardémoslo en este paquete de papas. No se irá a morir, yo creo. Un regalito para Leonardo: ya que le gustan tanto los animales...

¡Y cómo demora en salir! Pobre: hoy ha estado en la mala. El de historia no hizo más que dedicársela porque Leonardo no supo decirle los presidentes del Frente Nacional. Menos mal no me preguntó a mí... Que si de casualidad sabía qué fecha era hoy, le dijo; y que por supuesto, como a nosotros nos importa un bledo los problemas del país, qué le iba a importar al señor Garay conocer los nombres de quienes han tenido en sus manos el gobierno...; y de una vez se fue soltando, como siempre, contra el rock y la moda, y el pelo largo atrás que le hacía sospechar tendencias extrañas (¡y a él qué le importa!): lo que dice siempre que se enoja; o sea, en todas las clases... Y hoy el que estuvo de malas fue Leonardo, porque fue a él al que se la cargó todo el tiempo; y él sin decir nada porque ¿cómo?: si no se sabía los presidentes... Como si fuera la gran cosa saberlo. Ya quisiera saber ese profe tanto de presidentes como sabe Leonardo de poetas... Y de futbolistas: porque de eso sí sabemos.

A la final es mejor no pensar más en ese tipo. Claro que no me faltan ganas de pegarle una patada en las güevas para que no se vuelva a meter con Leonardo... No: tampoco... Lo que pasa es que quién sabe por qué será tan amargado el de historia. Lástima: porque el tipo sabe hartísimo. Yo debería aprenderme esos presidentes...

Ahí viene el prefecto: a este sí se la pegaría con gusto... Seguro va a preguntarme qué hago por fuera del salón si todavía falta más de media hora para el cambio de clase.

Preciso: tenía que preguntármelo. Y de paso me ha mandado a cortar el pelo: ¡maldición!, ¿y ahora qué hago?: a Leonardo le encanta mi pelo así. Será hacerme el bobo y no dejarme ver más del prefecto... y no dejarme ver más del de historia, y no dejarme ver más del de religión: me va a tocar es no volver...

¿Quién me está tapando los ojos... quién, quién?: Lucía: estas manos son de Lucía.

—Es Coloso —le digo.

—¡Felipe!: usted cómo es de...

—Ah, ¿era Lucía?...

—No, querido: era Nastassja Kinski.

—Sí: a mí no se me ha olvidado la invitación: tranquila. ¿Cómo le fue en la evaluación?

—Bien... ¡cuál era la respuesta del segundo!

—Siete novenos, creo: ¡pero no!... me entierre las uñas.

—No me fue bien entonces. ¿Y a usted?...

—En la evaluación, bien —le digo—; pero en la vida, muy mal.

—¿Sí? A ver: ¿cuál es tu caso?

—Pues… Estimada señora: soy un joven de dieciséis años frustrado por mi destino: el prefecto de mi colegio me ha mandado a cortar el pelo. ¿Qué hago?

—¡Ay, pero qué viejo tan cansón!

—Sí. ¿Por qué serán tan amargados?

—¡Uy, sí!: cuando entré al mediodía empezó con que: "Señorita: súbase las medias"…

—Viendo que a las peladas se les ven tan bonitas las piernas con las medias recogidas. Sobre todo a usted que las tiene morenitas y todas suaves.

—¿Sí?: por fa-vor, continúa: ¿qué más tengo?...

—A ver: un cuerpo perfecto, unas manos lindas, nariz pequeña, cejas pobladas…

—¿Ojos?...

—Sí: también tiene ojos.

Lucía es muy suave; pero pega durísimo. Y yo creo que me va a dejar un morado en el brazo. Yo la miro y me digo que su cara no es tan bonita; ¡pero su cuerpo es un cuerpo!...

—¿De verdad, umjujú, tengo todo lo que me dice?

—Sí. A mí lo que más me gusta de usted es su cuerpo.

—Este…, ¿qué te dijera?...: la naturaleza se ha encargado de hacer de mí… Tú entiendes.

—Tan chistosa... ¿La Señorita Naturaleza me haría el honor de dar un paseo por los predios del colegio conmigo?

—Pues sí: en vista de que no hay un mejor partido... ¿Querría darme su mano?...

Definitivamente, el frío nos pone bobos. Ojalá no llueva más tarde, le digo a Lucía; porque en edufísica tendremos partido de campeonato contra los del 10-03: y los vamos a golear... Voy a dejar en esta ventana a mi ciempiés.

—¿Qué es eso?

—Un amigo que conocí ahora.

—Muestre... ¡Uy: qué feo!

—No es feo: se parece a mí. Dejémoslo aquí... A la salida nos vemos, pelado.

—Usted está enfermo, Felipe.

—Sí: me estoy muriendo... —uno siempre se está muriendo, ¿no?

Lucía me cuenta que las peladas nos tienen preparadas unas porras para apoyarnos más tarde... Yo miro hacia atrás: parece que Leonardo aún no termina; pero él me hizo cara de estar bien cuando yo salía... ¡Su cara sí es linda! Si hubiera salido pronto me lo habría llevado al baño para darle un besote... Habrá que calmarse caminando un rato: todavía tenemos tiempo para ir hasta la pista y mandarnos los 400 hablando paja.

Vamos despacio y Lucía mira el piso como si les estuviera contando cosas a sus zapatos: qué raro. ¿Le pasará algo?...

—¿Qué le pasa?...

—Naada.

—…

—Felipe: ¿yo le puedo preguntar una cosa? Es que a usted le tengo confianza…

—Sí: fresca.

—Felipe: ¿usted se acuerda del muchacho que yo le presenté en la fiesta?

—¿El monito malacaroso?

—Sí… ¡malacaroso! —se ríe ella, pero como si le fueran a sacar una muela o algo así—…Es que él y yo estamos de novios… Nosotros ya habíamos sido novios, ¿no?; sino que habíamos terminado, y… Es que son dos cosas las que quería preguntarle.

—Hágale, pues…

—Lo que pasa, Felipe, es que él quiere que estemos juntos. Y yo nunca he hecho el amor…

—Ah… ¿Y usted tiene miedo?

—Noo…; o sí. Pero no es eso.

—Usted no quiere.

—Sí, yo también; pero… Es que él dice que me quiere a mí; pero yo no lo quiero a él, ¿sí ve?... Es que él es como tan bobo.

—¿Y entonces por qué quiere estar con él?

—Es que también es tan bonito… ¿Usted qué haría, Felipe?

—¡¿Yo?!

—Sí: ¿usted lo haría con una muchacha que no quisiera pero que le gustara?

—Ah… Yo… creo que sí. Pero si yo fuera usted, ya como que no sabría; porque… Vea, Lucía: hay tipos que están con una pelada solo por el gusto y… pues muy rico; pero a veces van a contárselo a todo el mundo, yo no sé para qué, y lo que todo el mundo empieza a decir es que ella es una… o sea, como una putica, ¿sí? Y eso es muy feo.

De verdad es bien feo: a las peladas deberían respetarlas. Que se las coman y todo; pero que las respeten…

—Mi mamá me dice algo parecido.

—¿Sí?

—Sí. Ella me dice que yo haga lo que crea que esté bien; pero que no juegue con nadie, ni deje que jueguen conmigo. Y ese es el problema: que yo creo que estoy jugando con él…

—Ah… Ah, pero entonces está facilito: yo le diría a él que no lo quiero; y si él quiere hacerlo así, pues bien.

—Sí, ¿no? Será que soy capaz de decírselo?... ¿Y si le destrozo el corazón, como se dice? Es que yo creo que él está enamorado…

—Pero yo creo que es mejor que le destroce el corazón ahora y no después, porque después también le puede destrozar el… ¡Perdón!

—Usted es un enfermo, Felipe.

—Sí… Pero si lo hacen tienen que tener cuidado; porque usted sabe que eso produce niños. Y eso sí es como una embarrada.

—¡Es que ese es el otro problema, Felipe!... Lo que pasa es que el otro día casi lo hacemos, y entonces fuimos a una droguería… o sea, yo lo acompañé hasta cerquita, para comprar preservativos; y como él es tan bobo, no fue capaz de pedirlos.

—¿Y por qué no los pidió usted?

—Es que yo tampoco fui capaz… ¿Será que le dicen a uno algo?, ¿usted ha comprado, Felipe?

—¡¿Yo?!...: síí.

—Ay, Felipe, ¿usted no me los podría comprar?

—Pero el caso es de urgencia, ¿no?

—¡Para el sábado!... Felipe, diga que sí. Es que mi papá y mi mamá dicen que cuando yo necesite de esas cosas, les hable a ellos, pero es que es como tan jarto que sepan que voy a hacerlo. Yo siento que si les digo, cuando lo esté haciendo voy a estar pensando que ellos se están imaginando todo…

Sí: eso sería como invitarlos a hacer barra, me digo. ¡Esta Lucía es un encanto!... Ya está sonando el timbre: yo le prometo comprárselos, y ella se va toda contenta conmigo para el salón… Qué rico tener unos papás como los de Lucía. Ojalá pudiéramos cambiar de papás un rato para consultarles una cosa…

—¿De verdad sus papás son así de chéveres?

—Sí. ¿Cómo son los suyos?

—Normales…

—…

—¿Y qué pasó con Leonardo? —ahora que pien-so—… Usted andaba entusiasmada con él en la fiesta.

—¿Andaba?

—¿Anda?

—… ¿Por qué tendrá uno que enamorarse cuando ya no se puede?

—¿Y es que está enamorada de Leonardo?

—Yo no sé… como que sí. Pero no se puede: el otro día yo… así por los laditos, ¿no?, yo le pregunté si tenía novia; y él me dijo que sí. Y que estaba muy contento porque la quería mucho, y que a él le parecía que era la primera vez que estaba enamorado…

—¡¿Él le dijo eso?!

—Sí… Y más lindo: porque yo le pregunté que cómo se llamaba ella; y él me dijo, así con esos ojos que tiene, me dijo: "Se llama Felicidad". Y con una sonrisa tan linda, Felipe…

—¿Le dijo eso?…

—Sí…; ¿no le parece lindo?

—Pues…, sí.

—… Es que como él es así: como todo poeta…

Lucía me dice eso como si les estuviera hablando otra vez a sus zapatos; y yo me digo como diciéndole a los míos, que no sé si ponerme feliz o estar triste por ella. Entramos al edificio y siento ganas de echarle el brazo, y se lo echo; pero ahí mismo se lo quito porque me voy sintiendo como un asesino…: ¿pero yo qué puedo hacer? Y ya casi me pongo de mucho complejo de culpa, si no es porque ella me dice, como si la hubieran cogido a cosquillas, que cuándo le traigo los preservativos: le digo que mañana, y ella sigue andando toda feliz. Y entonces yo también.

¡"Felicidad"!…: qué rico.

Ahora tenemos…, hoy es jueves: inglés. Chévere tener clase con Lynn: ojalá todos los profes fueran como ella… Ya vemos el salón: al fondo del pasillo. Afuera hay un grupito rodeando a Patricia: comparando sus respuestas con las de ella, supongo. Leonardo ha salido y viene hacia nosotros: hoy anda como de tristeza. ¿Será por lo de historia?: no; desde antes está así: ¿qué tendrá?… Nos encontramos y yo quiero quedarme con él. Lucía me da un beso en la mejilla: que no se me olvide, dice; se vuelve hacia Leonardo y le pone uno en los labios. Y se va…

—¿Qué le pasa a Lucía?

—Contenta que está —le digo—. ¿Cómo le fue?

—Creo que tengo todas bien…

—¿Va a ir al baño?

—Sí.

—¿Lo acompaño?

—No. Es que voy a quedarme en la biblioteca.

—Ah… Si quiere nos quedamos juntos.

—No. Mejor vaya a clase y me cuenta qué hicieron.

—Bueno… ¿Está enojado conmigo?…

—¡Qué tal!: yo nunca voy a enojarme con usted —me sonríe.

—Ah: bueno.

—Usted me quiere, ¿cierto Pipe?…

—Sí…

—Chévere.

Qué ganas de abrazarlo; pero aquí no se puede… Él abre una mano y la pone cerca de mi vientre: entonces yo dejo caer un poco mi cabeza y le suelto un hilillo de saliva como hacemos siempre. Me guiña los dos ojos y se va: yo entro en el salón…; estará bajando la escalera, pienso, y en mi pupitre me siento. Y me quedo imaginándolo ponerse la mano sobre sus labios… ¿Qué le pasará a mi amigo?

Hoy la clase de inglés ha estado buenísima porque la profe ha traído canciones para que las aprendamos y practiquemos: "Como a ustedes les gusta tanto esa música de gringos…", nos ha dicho, y nosotros nos hemos juagado de la risa: porque Lynn Loewen es gringa… era, yo creo. Sylvia le ha preguntado si podría conseguirnos letras de Madona y The New Kids on the Block; pero Lynn casi no ha querido porque tendría que transcribirlas, y a ella no le gustan ni Madona ni los New Kids. De todos modos va a tener que hacerlo porque entre todos la hemos convencido; y por los discos no se preocupe porque nosotros se los prestamos. Ella ha traído canciones de Pual Simon cantando con Art Garfunkel, y una de Cat Stevens. Casi ninguno los conocíamos; tan solo Patricia, porque Patricia conoce todo. Y a Memo le parece que en su casa hay un disco de Cat. Yo no los conocía, pero me están encantando. Lynn dice que los de Simon y Garfunkel son de una película que nosotros deberíamos ver; pero a mí ya se me olvidó el título: voy a preguntárselo cuando termine la clase… Lástima que Leonardo no está aquí: ¿qué será lo que tiene?… A la final es mejor que no esté, porque esas canciones que están sonando tienen unas músicas de lo más triste: y hoy parece que a Leonardo se lo está llevando la tristeza… Pero él se ve tan bello así… Si yo creo que me enamoré de él por eso: porque tiene una cara que parece que anduviera siempre de nostalgia…: con esos ojos tan grandes y rellenitos de pestañas… Y uno lo ve, y uno tiene miedo de que, si lo toca, él se va a poner a llorar; pero entonces uno lo mira así y él sale con una sonrisa: porque casi siempre se la pasa alegre. ¡Y eso es tan rico!…: porque se siente como cuando yo me imagino que mi mamá ya se murió, y yo la estoy mirando ahí: toda muerta; y de pronto ella abre los ojos y me dice: "¡¿Usted qué hace ahí mirándome?!"… Y así me pasa con Leonardo: que yo solo lo miro y me da una alegría de esas que yo quisiera saber en dónde es que siento la felicidad para tocármela… Y lo que pasa es que ya me están entrando ganas de salir corriendo para la biblioteca y sentármele al lado y decirle que ya no esté así de triste… Y echarle el brazo sobre los hombros, porque eso sí es bueno…, y hasta darle ahí mismo un beso, si nadie viera, y… ¡maldición! Yo me he puesto a pensar, porque… ¡pues cómo es posible que uno se enamore así de un muchacho!… O sea: uno sabe que eso no debe ser así…; ¿pero cómo hace uno para sacarse el amor del cuerpo si uno está todo enamorado?: eso no es como sacarse una astilla del dedo. Además, que yo no quiero, y él tampoco quiere; y lo único que quiero yo es ir a echarle el brazo…: como cuando él me lo echó el año pasado y me preguntó que qué me pasaba, porque le pareció que yo andaba mal; pero yo no andaba mal ni nada, sino que a él le pareció y entonces me echó el brazo, y nos andamos como tres pasos así de juntos y a mí me dieron ganas de estar de verdad mal para seguir así… Y ese día yo empecé como a quererlo. Y después ya me dieron ganas de besarlo…: como ahora que suena el timbre: ¡qué rico salir corriendo!…

Leonardo no estaba en la biblioteca.

Ahora vengo al patio y él sale de entre el tumulto frente a la caseta de doña Aura, todo victorioso con dos gaseosas. También compró galletas de leche: esas son para mí, apuesto. Ahora está parado mirando hacia todos lados porque me está buscando, y ya me vio y levanta las cejas y se ríe.

Ya no hace frío porque las nubes se abrieron un poco, el sol está cayendo suave, y nosotros nos sentamos en el prado. Yo le cuento a Leonardo lo que hicimos en inglés: le digo lo de las canciones de Simon y Garfunkel (yo le guardé fotocopias de las letras), pero olvidé preguntarle a Lynn el nombre de la película…

—Esas son de *El graduado* —me dice.

—Esa… ¿usted ya la vio?

—Sí: es más buena. Este año la sacaron por televisión, ¿no la pilló?

—No: no supe.

—Claro que yo ya la había visto con… con mi papá.

—¿A él le gusta el cine?

—¿A mi papá?...: síí. No, pero la vimos en video.

—¿Ustedes tienen beta en su casa?

—Sí. ¿Por qué?

—Nunca me ha invitado a ver videos.

—Pero es porque usted sabe que mi papá es una caspa y no le gusta que yo lleve gente a la casa.

Ah: verdad. Si a Leonardo ni siquiera le gusta que lo llamen por teléfono: debe ser una mierda ese tipo.

—¿Por qué será así?

—¿Mi papá?...: yo no sé. Deme galleta, peromio.

—¿Peromio?: ¿qué es eso?

—Así me decía mi abuela. Es como alguien egoísta: como usted que come galleta y no me da.

—Chistosa esa palabra… ¿Su abuela ya se murió?

—No: ella vive en la casa.

Lástima no poder ir a su casa a ver películas. Los papás de Carlos también son como jartos: al güevón lo regañaron por pedirme prestada la ovejera. En Bogotá todo el mundo es así: qué gente más rara los bogotanos… Mis papás sí son chéveres. Pero los de Lucía están sobrados…

—Oiga Leonardo: ¿usted ha comprado condones?

—Sí. ¿Por qué?

—¿Cómo se piden?

—Güevón, pues así: "Por favor una caja de condones".

—Pero no dicen nada, ¿cierto?

—Claro que no. ¿Necesita?

—No. Es para un encargo.

—¿No será que usted me la está jugando, Felipe?

—No —me le río—. ¿Le daría celos?

—No. Si es con una pelada, no. Si es con un mucha-cho: le casco.

—¿Sí? —¡Vean a este!... Pero hasta rico sería.

—¿Es que nunca ha comprado?

—No.

—¡¿Usted nunca ha estado con una muchacha?!

—No.

—Mal hecho: debería.

—O sea… sí: una vez con una amiga de César mi hermano. Una vez que nos quedamos solos en la casa.

—¿Y qué pasó?

—Es que empezamos… No: ella empezó conmigo, y tatatá y todo eso; sino que… ¿No se burla?

—No, fresco.

—Es que no se me paró. O sea, sí se me paró… pero muy poquito. Y entonces no se pudo.

—…

—Y yo me sentía más mal. Porque eso era como tratar de meter un masmelo en una alcancía.

—…

—No se ría, güevón.

—No, yo no me estoy burlando, Pipe.

—…

—¿Qué sería?... ¿No era bonita?

—¡Sí!... sí era. Lo que pasaba era que yo sentía como si ella me estuviera comiendo a mí. Y eso no me gustaba.

—Pero yo me lo como a usted, y usted dice que le gusta…

109

—¡Ah, sí!, de usted sí… Pero es distinto.

—Sí… Qué lástima que no haya podido.

—Claro que yo la agarré por el cuello y la hice prometer que no le contaría nada a César… ¿Quién sabe?: un día de estos. Lo que pasa es que a mí solo me dan ganas de usted.

—Pero debería probar. De pronto le gusta.

—Usted sí ha estado con peladas, ¿cierto?

—Sí, varias veces. Como cinco.

—¿Con Magdalena?

—Sí. Y con una amiga que vivía en la cuadra también.

—¿Y qué tal es?

—Es chévere…

—…

—Sí, es chévere. Pero es como ganarle un partido a un equipo malo.

—¿Sí? ¿Y cómo es conmigo?

—¿Con usted?… Es que con usted es más rico porque… a mí me gusta que usted es todo machito, pero yo me lo puedo poner en cuatro y metérsela por ese culito… Además usted es muy lindo.

—…

—Pero lo que más me gusta es que yo a usted lo quiero. Mucho.

¡Maldición!: de aquí a mandármele encima para darle un beso no me falta es nada. Pero con tanta gente en el patio…

—Tome de mi gaseosa —me dice.

—No, mire: aquí tengo todavía.

—Pero es que en esta le eché un beso, güevón.

—Ah…

—…

—Usted está como triste hoy, ¿cierto?

—Noo.

—A mí me parece.

—Será porque me peleé en mi casa.

—¿Con su papá?

—Sí, algo así. Pero es una güevonada, no se preocupe por eso.

—¿Por qué se pelearon?

—Por nada. Después le cuento. Hoy jugamos contra los del 10-03, ¿cierto?

—Sí. Vámonos ya para el coliseo y nos cambiamos antes de que lleguen los otros.

—Sí, vamos que tengo ganas de darle un mordisco.

—…

—¿Sabe qué, Felipe?: yo le traje un regalo.

—¿Sí?; yo también le tengo uno.

—¿Verdad? Pero el mío se lo doy después del partido.

—El mío se lo doy esta noche.

—Ah…, ¿y se bañó bien mi regalito?

—No, avispado: no es eso.

—¿Qué es?

—… Una cosa que da escalofrío.

¡Maldición!: Leonardo me dejó un chupado en la pierna. ¿Se notará?... No: en la pierna puede pasar por un golpe; el problema es cuando me los deja en el cuello. Lo que no va a pasar por un golpe es esta paradez que

tengo: a ver, hacemos como que nos acomo-damos la
pantaloneta…

19

—¡Felipe: apúrese, güevón!

—¡Voy!

—¡Mario, deje ya ese balón!: ¿qué le pasa a esta gente? ¡Fabio, negro marica, a dónde va, hermano!

—¡No sea grosero, Tato!

—Sí, Tato; qué pena con las peladas.

—Pero entonces pónganse pilas, viejo; si ganamos
este partido estamos en la final desde ahora… Bueno,
pongan cuidado, pillen: la fuerza de ese equipo está
principalmente en la marca, apuesto a que van a ponerle dos a Leonardo todo el tiempo; así que Carlos y
Esteban tienen que barrerle marca por el medio, pero
si se ven apurados con Leonardo, ábranse por el lado de
Fabio y yo voy al apoyo. Fabio y Leonardo: boten todos
los centros que puedan, y Felipe esté pendiente para el
cabezazo buscando la oportunidad como usted sabe, y,
hermano, yo veré esas paredes con Carlos. Lucho: usted
va a tener que marcar al Toro, así que cuando recupere,
mande esa pelota arriba, o sáquela. Pero no se la peles
al piso porque ese tipo se lo lleva en cuerpo… Lo que
ellos tienen es un 9 ni el tenaz: a ese lo tiene que marcar
usted, Coloso. Gordo: trate de no dejarse desbordar,
pero fresco que ese puntero no tiene mucha carrera.

Leonardo: lo van a marcar fuerte, pero usted le gana en velocidad a cualquiera; y esté pilas con Felipe a los remates de media distancia: prueben a ese arquero porque lo están entrenando… Camilo: trate de tener precisión en los saques; en el contragolpe busquen siempre a Leonardo y estén listos para apoyarlo… Camilito: cuide ese complejo de Higuita, hermano, y no se salga tanto del área; no nos arriesguemos… Los primeros cinco minutos, esperamos; luego mandamos un ataque con todo para probarlos. En todo caso, vamos a hacer esto: los primeros veinte minutos los hacemos de mucho toque; cuando los tengamos trabados en el medio, tratamos de sorprender con el pique de Leonardo. ¿Están de acuerdo?

Claro que todos estamos de acuerdo. Tato no juega lo que se dice bien, pero es un estratega del putas. Además no se pierde partido para analizar a cada equipo… A lucirnos, pues, con el toque-toque, Felipe: con Carlos nos entendemos; y vamos a abrirle espacio a Leonardo para que se desborde… Fabio ya salió a correr otra vez para donde Patricia; le está entregando el reloj: se ve que ella lo quiere harto porque siempre le guarda la ropa. Ahora él se mete al campo y le pide el balón a Mario: seguro se pondrá a hacer veintiuna para que Patricia lo mire: ahí está el muy picado… ¿Y yo qué hago aquí?: vamos a calentar, Felipe.

—¡Fabio!

¡Ja!: le dañé la serie. Suéltemela a ver, Fabito; yo también sé hacer series para que Leonardo me mire… ¡Qué pelota soy!: qué gracia tiene que Leonardo me vea, si él sabe hacer lo mismo…

—¡Leonardo!

Cójala, pues, bonito: buena esa parada con el pecho… ¿será que esta vez hago un gol así como quiero?: parada con el pecho de espaldas al arco, un túnel para sacar la marca (las tribunas harían "¡Uuuu!"), amague para salir del defensa que apoya (y sería bonito sacar a un tercero), avance dentro del área, el arquero viene a cerrar el ángulo y justo ahí le hago un sombrero, ¡esto es increíble, señores: Felipe saca al arquero de cintura, no deja caer la bola, la empuja de cabeza y… *gol!*: ahí sí pagaría que Leonardo me viera. Otra vez me la tocan; pasémosela a Tato. Tato se la coloca a Leonardo y le grita que la reviente al arco. Ahí va él corriendo: le pega durísimo con esas piernotas…

Qué piernas las de mi amigo, Dios mío… Cuando jugamos le sudan mucho. Y eso da muchas ganas de besárselas. Pero cuando él me posee… Dios, esa palabra… Cuando él me posee también suda hartísimo; y uno queda todo mojado también. Y es muy rico: porque a él le gusta demorarse y entonces se quita, y a mí me dan ganas de besarle todo el cuerpo. Porque está todo bañado y a mí me gusta. Sobre todo en medio de las piernas: ahí es muy rico porque él me aprisiona las mejillas entre sus muslos y se siente como dos cojincitos. Como dos cojincitos tibios para morder. A él le gusta eso, y entonces me dice que se la chupe; y a mí me encanta: porque él me coge duro del pelo y yo me siento como si fuera de él… Pero cuando recuesto la cabeza sobre su vientre, y me quedo chupándosela, es más bonito: porque así yo le veo las piernas hacia abajo, y él las mueve y las recoge, como en una cámara lenta. Y eso da muchas ganas de acariciárselas… y de apretarle fuerte debajo, donde es más calientico… y es cuando más le gusta a él: porque se quita de no poder más. Y entonces se queda quieto y uno puede volver a besarlo todo; y es todavía más rico porque ya se le ha secado la piel de estar quieto: y la piel le queda suavecita cuando se seca…

—¡Felipe!

Me asustó este güevón…

Ya el árbitro está llamando para hacer el saque: parece que los del otro equipo lo ganaron. Este árbitro es bueno; lástima que este año ya sale del colegio porque está terminando once… Leonardo pasa por detrás de mí: que qué es lo que tanto le miro, me dice. Yo hago como que lo veo por detrás y pienso que quién lo manda a ser tan bello. Y se lo voy a decir, pero el árbitro ya está diciendo que todos listos y que juego limpio… y mejor se lo digo más tarde… ¿Qué será lo que va a regalarme?

Maldición: siempre se siente miedo cuando comienza un partido. Porque uno está seguro de lo que tiene, y uno sabe más o menos qué es lo que quiere hacer y lo que puede; pero suena el pito y uno ya no sabe es nada. Porque nunca se sabe qué es lo que tienen los otros, qué es lo que proponen como dice el profe Maturana… Y le llega a uno por primera vez la pelota, y uno quisiera no haber estado aquí, sino en otro lado donde no le haya caído y no se tenga que esquivar esta marca. Entonces es mejor botársela al primero que aparezca; y yo miro a Leonardo, pero lo tienen marcado (dos, como dijo Tato): hay que pisar la bola y guardarla con todo el cuerpo. Miro hacia la derecha y Fabio está más libre, pero Tato está más cerca y se la paso rápido para no complicarme la vida porque qué tal que este marcador me resulte bueno y me la quite… Ya Tato se la lleva y se la suelta larga a Fabio, pero a él se le va por la línea: así son estos primeros minutos, me digo.

Miro a Leonardo y pienso que esto es lo mismo que estallársele a él, o a cualquiera cuando uno se ha enamorado: porque uno se anda por ahí todo nervioso queriendo enfrentar el momento, y el momento llega y lo que uno hace es soltar la bola… Es mala cosa estarse por ahí sin pelear el juego, ¿qué gracia tiene estar lo que se dice en vilo, si uno presiente que tiene con qué ganar el partido?: mejor es jugarse el chance: porque el tiempo pasa, los otros hace tiempo han hecho su saque, han seguido las jugadas, la pelota no va para ningún lado y uno sigue sin decidirse. Y pasarán los minutos y más jugadas, y llegarán los noventa y ya no habrá ni tiempo ni equipo para ganarle… Yo miro más a Leonardo y me digo bien contento que ese partido yo me lo gané; ¡y cómo es que no vamos a ganar este!: apoyemos las marcas, Felipe: vamos a recuperar esa pelota, así como ahora hace Coloso y se la entrega a Mario…

—¡Suéltemela, Mario!

Ahora que la tenemos vamos a enseñarles lo que es jugar: con Carlos sabemos hacer paredes lindas, dobles como esta… Tengo que mirar a Leonardo: lo tienen marcado; pero si sacamos a este 14… así, ya está libre el callejón y Leonardo ha entendido porque amaga para arrancar: suéltesela, pues, Felipe, para que su amigo se luzca y corra como está corriendo detrás de esa bola. ¿Qué tal un gol, Leonardo?: ya es tiempo; el área está lejos, pero está limpia; unos metros más: fresco que a usted nadie lo alcanza, juéguesela…

—¡Reviente, Leonardo!

El arquero quiere salir a cerrarle el ángulo: pero ya es tarde, ya Leonardo le soltó un cañonazo con la izquierda y los codos se le quedan pegados al cuerpo mientras la bola va (el estilo, claro); toda la defensa mirando esa curva; todos nosotros quietos apretando el puño para que el balón entre así: justo por la esquina, ¡a donde solo llegan las arañas, viejo!; y ya soltamos los gritos, la felicidad; Leonardo corriendo hacia mí para abrazarnos, y medio equipo viniéndose encima como para que nadie vea que juntamos las mejillas, su oreja metiéndose en mis labios…; y ya, Felipe, ya debemos desabrazarnos: no estamos en mi cuarto, pelotudo, y debemos ir a esperar el saque. ¡Qué gol!

—¡Cuánto llevamos!

—¡Veintidós!

Tato nos dice que ahora debemos apretar las marcas porque se van a venir con todo; pero que a estos nos los llevamos, frescos.

—Vamos a tocar más en el medio, pelados; y a repartir pelota por el lado de Fabio mientras les pasa la bronca, no sea que le quiebren una pierna a Leonardo.

Tato es un sabio.

Qué gol tan bueno, Dios mío. Voy a contárselo a papá para que lo quiera más a Leonardo. Yo creo que al papá de Leonardo no le gusta el fútbol, y por eso será tan caspa. Lástima. Con lo rico que es marcar goles, sentirse todo hermoso y machito por ir ganando, y oír a las peladas que gritan y lo animan a uno cantando esas porras, y mandándonos piropos de muy lanzadas…

¡Qué lindas, qué dardos:
las piernas de Leonardo!

¡Qué rico, qué gozo:
los brazos de Coloso!

¡Qué fiebre, qué gripe:
los labios de Felipe!

¡Esta Lucía me va a matar!: ¿no habrá podido inventarse otra rimita? Habrá que perdonársela: porque la de Leonardo le salió muy chévere y ya voy a tener con qué bromearle después…; no: mejor no bromearle nada porque él va a tener con qué desquitarse peor… Y yo lo que debo hacer es dejar de estar pensando bobadas y jugar bien porque estos le están dando duro al partido: ese 9 ya se nos ha colado dos veces. Pero Camilo está tapando como se debe…: ¿qué rimará con Camilo? Danilo, pienso, y me río solo: porque se trata de hacerle una porra, no de conseguirle novio. Además él es de los que les da asco…

¡Tapando - Camilo
el nueve está perdido!

Claro, esa era la rima: Lucía va a terminar de poeta. Pero no le echaron piropos al Camilo: bien hecho… Claro que este güevón se acordó de que yo existo y me la ha puesto. A ver qué hacemos…: vámonos por el lado de Tato, ¡fanáticos del fútbol!: Tato se la cruza a Fabio, el puntero derecho se quiere desbordar pero un contrario le cierra el callejón, se detiene, media vuelta para Tato; Tato devuelve a Coloso (¡qué magnífico desempeño el de este marcador central!); Coloso abre juego por la izquierda, la juega con Mario; Mario se acompaña con Leonardo (¡por allí es imposible!); Leonardo devuelve a Carlos; Carlos se la toca a Felipe (¡este ge-nial punta de lanza construye ahora el ataque!): saca a uno, saca a dos (¡qué gambeta!), busca a Fabio, se la suelta; Fabio va al encuentro, la pierde, recupera (¡este es un luchador, señores!): devuelve para Tato; Tato la busca, trata de evadir a un contrario, cae al piso, la pierde… ¡Contragolpe! (¡este es un partido de igual a igual!)… Los del 10-03 abren juego por la izquierda, la lleva el 7: saca a Gordo, Coloso va al cierre pero el 7 lo supera y gana la línea, centro atrás… ¡pa-ra-na-die!: Mario la recupera, la pierde con el 9 (¡qué partido!); el 9 para el Toro; el Toro devuelve de pared para el 9 (¡qué bien!); el

9 se lanza al ataque: saca a uno, saca a otro (¡cómo juega este hijueputa!), está dentro del área, Coloso va al cierre, lo derriba...

¡Eso no es un penal: ¿dónde le regalaron el pito, árbitro marica?!

—¡Yo le entré a la bola, señor! Por qué no coge ese pito y se lo...

—¡Fresco, Coloso; cálmese!

Amarilla para Coloso: claro, eso calma a cualquiera... Pero frescos: hoy Camilo se está luciendo y en una de esas lo tapa. Vamos, Camilo: usted es una mierdita, pero tápese este. Acuérdese de Higuita en la final de la Libertadores: si él pudo, por qué no va a poder usted; al menos puede hacer el intento... ¡Maldición!: lo va a cobrar el Toro: ese le pega muy fuerte. Ahí va el grandulón este, va a patear, toma impulso, ¡patea!...

¿Gol?....: parece: porque la pelota se metió en el arco...

—¡Frescos, pelados: todavía faltan cinco y podemos repuntar para entrar ganando el segundo! ¡Pilas, Leoncito: a buscar el otro!

Tato es un cuento: ni que fuera tan fácil... ¿Y por qué no? Leonardo me hace señas para que lo busque, y también le hace señas a Fabio, y yo ya entiendo y le hago señas a Mario, y Mario a aquel, y aquel a este, y este a mí, y todos nos ponemos a hacer señas, nos quedamos pendejeando, no vamos a sacar nunca..., y el árbitro me mira rayado porque me estoy riendo solo. Saquemos, pues, Felipe; esto es serio, pelotudo: vamos a bailarlos de lado a lado: tocar y tocar en el medio; así pensarán que nos resignamos con el empate para ir al descanso. Solo hay que esperar a que se calmen un poco para lanzarles el contragolpe: ya les regalamos uno; ahora nos toca a nosotros. Tal vez aquí: Carlos la tiene, se la juega con Leonardo, Leonardo se saca la marca y me la pone: bonita esta triangulación: como los que saben…; saquemos a este: este 18 es bueno, ¡pero yo soy mejor!; ¿qué hace Esteban por aquí?: tómela, pues, Estebanucho…

—¡A Fabio!

Bien. Fabio cambia de punta para Leonardo… ¡cómo corre mi amigo! Son lindas sus piernas: se le marcan rico con cada paso… Ya se ganó la línea, ahora el centro…

—¡Péguele, Carlos!

¡Buena!...: pero este arquero se lució… ¡y qué cara tan bonita la de este arquero, no me había dado cuenta!...; hasta dan ganas de hacerle un gol: a ver si en este tiro de esquina…

—¡Suba, Lucho!

Tato no se cansa de gritar… Esta vez quedémonos atrás, Felipe: si despejan, estemos listos a recuperar. Fabio va a cobrarlo… ¡Salte, Luchito!...: lo sobró esa bola. Ahí viene el despeje: esta es mía, aquí puedo jugármela con Carlos: bien esa pared; ¿ahora a dónde?, ¡maldición!, me tienen cerrado. ¿Atrás?; no: arriesguemos. Aquí va Felipe: saca a uno, ¡qué túnel!: ¡las tribunas gritan! Saquemos a este de gambeta, ¡así!: ya estoy adentro y el bonito viene a cerrarme… ¿un sombrero?; no: Fabio me la pide y está libre…

—¡Tome!...

—¡Golazo!

—¡Buena, Fabio!

¡Bien por Fabito: quememos tiempo aquí celebrando!... Claro que Fabio va a quemar más tiempo besándose con Patricia. El 9 del otro equipo le está gritando al 2 por no haber marcado a Fabio: este 9 juega bien, pero además se lo cree: me carga la gente así… Y el que quedó más triste fue el arquero: lástima; con esa cara tan bonita a mí me da como pesar. Leonardo viene a darme la mano y me palmea en la mejilla: "Qué buena esa jugada", me dice, y ahora me golpea en el trasero y yo me rasco el pelo en la nuca porque se me eriza de lo más rico… El árbitro está reconviniendo a Fabio para que deje de besarse con Patricia porque los otros van a hacer ya su saque: no irá a sacarle amarilla por eso…

—Leonardo Garay…

—Está en la enfermería.

La profe pregunta que por qué está Leonardo en la enfermería. Le contamos que le dieron una patada en el partido y fue con Libia a que le hicieran una curación en la pierna. Y pregunta que si fue muy grave, y Carlos le dice que no, que de la patada le quedó una herida en la canilla, pero al caer se raspó muy feo en el muslo.

—¿Y expulsaron al que le hizo eso?

—No —le dice Coloso—, el árbitro no se dio cuenta. Pero le dieron con intención porque Leoncio les metió dos goles…

—¿Qué es eso de "Leoncio", señor Peña?

—Leonardo, profe.

—Claro que después Felipe le puso un codazo al tronco que le dio a Leonardo.

—Pero a mí sí me vio y me expulsó —el desgraciado…

La profe me mira como diciéndome que eso no se hace. También el profe de edufísica me dijo que no estuvo bien lo que hice; y yo sé que no está bien desquitarse de esa forma: pero a mí me dio mucha piedra que le cayeran así a Leonardo.

Ahora la profe está diciendo que es una lástima, porque hoy Leonardo iba a hacer una exposición sobre un poema de Vallejo.

—¡Profesora! —le grita Lucía: Lucía siempre está gritando—; Leonardo dijo que si lo podía esperar. Y me pidió el favor de copiarle un poema en el tablero; ¿puedo?

—Sí, Lucía: hágalo. De todos modos, si Leonardo demora podemos empezar con la exposición del señor Peña.

La profe dice eso, y Coloso se pone la frente sobre la mano y dice un "mierda" grandísimo; pero para adentro. Ella sigue llamando lista, y Lucía ha venido al puesto de Leonardo y le está sacando un libro… ¡Ve: ese es un libro de mi tía que yo le presté!: una biografía de la Virgen

María que tiene hartísimas pinturas de la Virgen. El otro día, Leonardo me mostró un poema que a él le gustaba pero que no entendía (todo loco, Leonardo); y a mí me pareció que ese poema hablaba de *La Virgen de las rocas* de Da Vinci. Después estuvimos en mi cuarto mirando el cuadro que está en ese libro, y dijimos que sí era de eso de lo que hablaba el poema... ahora Lucía está en el tablero. Ha sacado de entre el libro una hoja y está escribiendo el poema de las rocas. Tan raro...

"No hieden, las imágenes, ni cimbran
de dolor —las imágenes. Serenas
miran desde las rocas el tumulto
de las horas hiriéndonos, el ansia
del lunes yéndose. Las aguas
no arrullan a su espalda muertes
sino que van de vida en vida, eternas
en su perfecta identidad. ¿Las odias,
desde el desgarramiento de tus días
y el hambre de ti mismo, a las imágenes
—impasibles, quizás? Y entonces,
el alivio brota, y sacia,
en la raíz del alma, ¿no es ya el aire
libérrimo en el oro, no es la fiesta
de las hebras finísimas? Sus ojos,
que no te ven, miran
—te aman".

La profe está guardando su lista y mira el poema que está terminando de escribir Lucía.

—Ese no es un poema de... —dice ella, pero hace un gesto como acordándose de algo—. Esta tarde, Leonardo me dijo que hablaría de un poema de Eliseo Diego, y no de Vallejo.

Lucía se ha sentado, y la profe se pasea frente al tablero; a Coloso le brilla mucho la frente: mira a la profe, y vuelve a mirar unas hojas que tiene sobre el pupitre; ahora mira hacia la puerta, y otra vez mira las hojas y junta las rodillas y se frota las manos entre las piernas, y a mí ya me está dando es risa.

—Eliseo Diego no es un poeta muy conocido..., digo, a nivel escolar —está diciendo la profe—. Pero en mi opinión, es uno de los poetas más importantes de Latinoamérica; y me parece muy interesante que sea leído por uno de mis estudiantes *motu proprio*.

¿Qué será "motu proprio"?: a veces esta profe habla tan raro. Ahora dice que a ella, en particular, le gusta Eliseo Diego, porque a pesar de ser cubano y vivir en Cuba, no hace una poesía de militancia, ni de defensa panfletaria del régimen castrista, como ocurre con otros poetas posteriores a la Revolución. No es que ella esté en contra de la sensibilidad de la poesía frente a las cuestiones sociales, dice; incluso esa ha sido una preocupación importante en poetas como Vallejo, que es uno de sus favoritos, y también en Neruda, de quien nos va a hablar el señor Peña (pobre Coloso). Pero la profe dice que Eliseo Diego tiene la suficiente madurez política y poética como para no hacer de la poesía un instrumento, simple y llano, de un movimiento ideológico, sino que la entiende como un fin en sí misma, dice, y yo, por lo menos, no entiendo nada de lo que está hablando la profe. Pero Coloso le pregunta que qué cosa es una poesía de militancia (por lo menos). La profe dice que es aquella que se escribe con el fin de defender una ideología política…; pero ahora se corta, y nos pregunta si sabemos lo que es una ideología.

—¿Es como el estudio de una idea… o de muchas ideas? —dice Esteban; y Patricia sonríe toda linda, y voltea los ojos hacia arriba como diciendo que Esteban es muy bruto; y yo me digo que menos mal me quedé callado porque yo estaba pensando lo mismo.

Aunque la profe está diciendo que en cierto sentido sí es eso; pero que, más precisamente, es un conjunto de ideas que conforman una manera particular de ver el mundo. Y nos pregunta si, por ejemplo, nosotros sabemos qué son el capitalismo y el consumismo. Le decimos que sí, que eso ya lo vimos en historia; y Coloso dice que el comunismo es malo porque ponen bombas, y porque matan gente los comunistas (que, hasta donde yo me acuerdo, fue lo único que vimos en historia).

—Yo no estoy de acuerdo —dice Patricia: porque Patricia casi nunca está de acuerdo, pero es linda—. Sí está mal que maten gente; pero eso no quiere decir que el comunismo sea malo. A mí me parece que el comunismo es bueno porque busca el bien para todos. Pero está mal que se mate a la gente, y eso es lo que no me gusta del comunismo.

Camilo apoya a Patricia, y dice que los gringos también matan, y que lo que pasa es que a los comunistas les tienen odio los ricos, porque ellos saben que les pueden quitar las riquezas y repartirlas entre todos los pobres. Y yo me digo que Camilo tiene razón: a mí me gustaría que aquí fuera como en Cuba o en Rusia: papá dice que allá todo el mundo tiene casa y comida, y la gente no se muere de pobre... Además los comunistas son solidarios, como dice César: son gente buena los comunistas. Pero Coloso quiere seguir hablando en contra del comunismo (de puro avispado, claro). Entonces Patricia le pregunta (porque Patricia es linda, pero siempre pregunta) que si, acaso, él sabe lo que es el comunismo.

—Son los guerrilleros —dice Coloso.

—Eso es como decir que el fútbol son los alcanza bolas —le dice ella.

Y la profe dice que en eso Patricia tiene razón; pero que, independientemente de que sean buenas o sean malas, el comunismo y el capitalismo son dos ideologías que tienen diferentes concepciones del mundo, y que nosotros, en nuestras vidas, siempre estaremos defendiendo alguna de ellas, aún sin saber qué ni por qué; aunque lo más justo sería que nosotros supiéramos qué es lo que defendemos, y, en últimas qué es lo que vivimos, dice ella, y a mí me parece que esta profe es una verraca: con razón Leonardo la quiere tanto... Y nos dice que este es un tema importante, y que deberíamos discutirlo más en la clase de historia.

—Es que en historia no se puede nada —le dice Carlos—; porque ese profesor solo nos vive dando cantaleta.

—Sí: eso más bien parece una clase de histeria —dice Lucía, y Sylvia dice que sí, y también Fabio dice que sí, y todos nos ponemos a decir que sí y a hacerle bulla a la profe como si ella tuviera la culpa…

—Bueno, pero para eso están los libros —nos dice—: para que lean acerca de lo que les interesa…

—¡Uy: qué le pasa profe! —le dice Tato.

¡Tato es tan bruto!: ¿por qué tenía que decir eso este güevón?: sabiendo que a la profe le molesta que uno casi no lea nada…

—Me pasa que me gustaría que de vez en cuando se asomaran por un libro. Tal vez podrían descubrir que en este mundo existen dos o tres ideas más, aparte de las de "mi mamá me mima" y "el lápiz es mío", que parecen ser las únicas que han leído algunos por aquí.

¡Ah, esa estuvo buena!...

—Pero no se ponga así, profe…

—Miren, muchachos: leer…, además de enriquecer las ideas, como siempre hemos dicho aquí…, más que eso, es un ejercicio de vida; si la descubren, verán que puede ser una experiencia tan vital como una caricia, o como una despedida… Por los libros podemos conocer…, y compartir, el mundo que está más allá de la punta de nuestros dedos: yo no conozco París, pero he leído a Victor Hugo, y he leído a Baudelaire y ya París está en mi corazón; cuando algún día la visite, la voy a saludar como a una vieja amiga; y cuando camine por sus calles, sentiré que regreso a las calles donde jugaba siendo niña…; porque en los libros no solo he visitado otros lugares; también he visitado mis sueños…

La profe se corta porque han estado tocando y ella ha ido a abrir la puerta. Ojalá sea Leonardo, me digo: porque cuando la profe habla así, ella termina por ponerse toda deprimida y uno por sentirse como una rata. Esta profe es buena gente, y es muy cagada ser rata con la gente buena…

Carlos se ha puesto a chiflar como si le estuviera chiflando un piropo a una pelada. Yo me asomo, y todos chiflamos más y las peladas hacen "Uuuu" porque Leonardo está entrando al salón en pantaloneta: le pusieron un vendaje en la canilla y le rociaron merthiolate en el raspado: lo tiene irritado; por eso no habrá podido ponerse el pantalón. Yo debería prestarle el mío que es ancho…

—Si a ustedes no les importa, Leonardo quiere hacer su exposición deportivamente —dice la profe en chanza—. Por mi parte no tengo objeción.

—¡Por nosotros tampoco! —dicen todas las peladas, y hacen "ssss" chupando aire entre los dientes.

Y todos nos ponemos a molestar más a Leonardo porque se ve muy chévere: como tiene medias blancas y tenis blancos, y la pantaloneta también es blanca, se le ven lindas las piernas así: morenas y gruesotas. Además tiene puesta su chamarra, y así se ve más pinta.

La profe dice que ya nos pongamos serios, y que le prestemos atención a Leonardo. Ella viene a sentarse en el pupitre de él: se ve rarísima sentada allí. En cambio, Leonardo se ve lindo parado atrás del escritorio para que no le veamos las piernas (pero de todas maneras se le ven un poco, entre el borde de la pantaloneta y el borde del escritorio; y eso da ganas como de pararse uno para mirar más...). Él empieza a decir que va a hablar sobre un poema de Eliseo Diego, que es un poeta cubano...; y se sienta para que ya no le miremos más... ¡sus piernas!

Los salones de mi colegio tienen una tarima donde se coloca el escritorio del maestro. Yo miro esa tarima de mi curso, y pienso que nunca había visto ese lugarcito, como ahora, bello... Allí sentado, mientras yo siento que lo quiero, Leonardo está diciendo:

—Yo... yo quería hablar de este poema por dos razones. Una: que yo le dije a la maestra que quería hablar de un poema, pero no como hemos hecho casi siempre: mirando la rima, y contando las sílabas de los versos, y eso; o sacando las metáforas del poema para decir que tal metáfora significa tal cosa... A mí me gustaría..., o sea: yo quiero hablar de un poema como cuando uno habla de un partido de fútbol que ha jugado. Porque..., si ustedes se fijan, cuando uno habla de un partido no se pone a decir que el cuatro cuatro dos esto, ni que la marcación de zona tal cosa: uno nunca habla de eso. Uno se pone es a hablar de las jugadas…, o sea, de la emoción de las jugadas: de lo bonito que salió un gol, o también de que tal jugada nos salió mal. Y entonces, cuando uno habla de un partido, uno como que vuelve a ponerse contento o de mal genio, como cuando lo estaba jugando. Pero uno nunca habla de la técnica, ni nada; sino de la emoción. Y yo quería eso: hablar de un poema, pero no de su forma, y casi ni de su contenido; sino de la emoción que yo siento con un poema…

"Y la otra razón es… O sea: yo sé que aquí a casi nadie le gusta la poesía, y yo no sé por qué no les gusta…, pero a mí sí: y entonces yo quiero hablar de un poema y decir por qué me gusta; por qué me emociona, mejor dicho. Y yo traje este poema de Eliseo Diego porque con este me pasó una cosa muy chévere, y yo quiero contársela a ustedes porque… porque me pasó a mí; y como dice la profe, cuando uno lee un poema es como una experiencia de uno, como una… ¿cómo es que dice usted, profe?…".

—¿Una experiencia íntima?…

—Eso. Una experiencia íntima…

"Lo que me pasó con este poema fue que al principio yo no lo entendía. Y no lo entendía, pero me gustaba… A mí me pasa que yo empiezo a leer un poema y, si no lo entiendo, no lo sigo leyendo. Pero este yo lo leí todo a pesar de no entenderlo, porque en el título estaba mi nombre, y… pues lo leí todo por eso…".

—¿Cuál es el título? —le pregunta la profe.

Leonardo mira el tablero y se levanta a colocarle el título al poema, porque Lucía no lo ha escrito y todos podemos verlo otra vez así: sin su pantalón, de espaldas, estirando el brazo para escribir arriba del tablero…

—El título es "Lippi, Angélico, Leonardo"… entonces, la primera vez que lo leí, yo no entendí nada. Porque todo el poema habla de "las imágenes" que dice en el primer verso, y yo no sabía qué imágenes eran esas.

"Pero a mí me gustó eso de unas imágenes que no huelen ni sienten dolor, como si algo que solo se ve pudiera oler y sentir dolor. Y seguía leyéndolo, y también me gustó que, además, esas imágenes miraban. Y que miraban 'serenas' desde unas 'rocas' me gustó más: porque me pareció chévere ese contraste entre una cosa serena, como tranquila, puesta en unas rocas, que es algo duro…, como rústico; o sea, todo lo contrario de sereno. Al menos a mí me pareció chévere eso.

"Pero, por ejemplo, lo del 'aire libérrimo en el oro' y lo de 'la fiesta de las hebras finísimas', ya no me gustó tanto; porque no tenía ni idea de qué oro ni de qué hebras hablaba el poema. En cambio, en el final me volvió a gustar lo de unos ojos que no ven, pero que miran y aman: eso es una contradicción. Pero esa contradicción de no ver y mirar, ahí al lado de la palabra amar, a mí me hizo pensar en el momento cuando uno cierra los ojos para dar un beso, y uno como que puede ver al otro por los labios y no por los ojos; y hasta me puse a pensar que cuando uno da un beso, es como ponerse a repasar con los labios lo que ha estado todo el tiempo estudiando con los ojos…; y a mí me gustó pensar eso. Además, después yo volvía a leer el poema, y me parecía que esa contradicción del final era parecida a la mía, sintiendo que me gustaba el poema sin entenderlo siquiera. Eso es como cuando uno se enamora de alguien, y no sabe por qué…

"Pero lo que a mí más me gustaba del poema, cuando no lo entendía, era esa pregunta de la mitad… que es como si el que escribió ese poema me preguntara a mí si yo odiaba esas imágenes desde el desgarramiento de mis días. Y eso me gustaba porque… a veces uno se siente así: todo desgarrado porque tiene problemas y eso. Y entonces yo sentía como si Eliseo Diego fuera alguien que se preocupaba por mí preguntándome eso…, porque era como si de alguna manera él supiera que yo andaba mal. Y me causaba gracia pensar que él sabía que yo estaba mal, y, en cambio, yo no sabía de qué era lo que él me hablaba… A mí me pasó eso con ese poema…

"Pero lo que también quería contarles…, lo que yo más quería contarles, es que ahora ya entiendo el poema. Ahora lo entiendo porque… yo tengo una amiga a la que quiero mucho, y ella sabe de pinturas porque le gustan, y además tiene una tía que estudió artes; y entonces, yo un día le traje…, o sea, yo le llevé el poema para que lo leyera; y le conté todo eso que les he dicho. Y como ella sabe de pinturas, le pareció que el poema hablaba de un cuadro de Da Vinci que se llama *La Virgen de las rocas*. A ella le pareció eso porque el poema habla de las rocas, y de aguas detrás de las imágenes; y todo eso, me decía, aparecía en el cuadro. Y, además, porque en el título decía 'Leonardo', y Leonardo es el nombre de Da Vinci… Yo ya sabía eso: que Leonardo era el nombre de Da Vinci, y que él era un pintor del Renacimiento. Pero no sabía que Lippi era el apellido de otro pintor del Renacimiento que se llamaba Filippo, que es como Felipe, pero en italiano. Y pensamos los dos, que Angélico debía ser el nombre de Miguel Ángel, pero también en italiano. Claro que después descubrimos que hay otro pintor de esa época que se llama Fra Angélico, y tal vez sea ese el del título… Entonces, un sábado yo estuve en su casa, y vimos juntos el cuadro, que está en este libro que traje…

"Esta: es *La Virgen de las rocas*. A mí me gusta este cuadro…

"Mi amiga decía que las imágenes que dice el poema, las que no huelen ni sienten dolor, son estas mujeres y estos dos niños… Fue muy chévere escucharla hablar de esta pintura: decía que el cuadro daba una sensación como de tranquilidad, sobre todo por las caras y las manos de estas dos mujeres. Y mirábamos esta fuente de agua que se ve al fondo, y e… ella decía que parecía que estuvieran quietas esas aguas, a pesar de que uno sabe que se mueven, porque hasta forman una cascada chiquita entre las rocas; y nosotros pensamos que por eso el poema decía que esas aguas no arrullaban muertes, sino que iban de vida en vida…

"Y nos pusimos a mirar cuál sería el oro en el que estaba el aire, y pensamos que eran los reflejos dorados del sol en las hojas de estas matas que se ven por aquí, y en las pieles de las cuatro figuras. Mi... mi amiga decía que esos reflejos eran como si hubiera un poco de alegría en esa tristeza de las rocas oscuras, y que también era como sentir que salía vida de esos cuerpos, en medio de unas cosas como muertas que son las rocas..., y tal vez por eso el sol se refleja mucho en las cosas que tienen vida, en las personas y en las hojas, y en cambio no alumbra casi nada a las rocas...

"Yo le escuchaba eso y... yo no sé: era la primera vez que miraba un cuadro de esa manera; yo pensaba que era como descubrir que también había poesía en los cuadros. Y yo miraba a mi amiga y sentía que en su cara también había...".

¡Dios, qué tipo!...

Leonardo me mira de pasada..., y es como si estuviéramos solos en otra parte. Ya casi nadie se fija en sus piernas, aunque él está de pie y tiene el libro abierto sobre el pecho; solo miran su dedo pasándose por la lámina: solo las cosas que él habla pueden ser más bellas que él, me digo. Y no me reprocho estar deseándolo tanto ahora: el profe de religión siempre dice que es malo caer en las bajezas de la carne, pero yo no sé cuáles bajezas: ese profe debe ser como demente o algo así... O quién sabe: tal vez Dios esté mirándome feo por estar queriendo tocar a Leonardo mientras él habla esas cosas bellas de la poesía... ¡Pero, Dios: él es más bello que todos los poemas y todos los cuadros bellos!: y si no, mírelo: hasta la Virgen de las rocas mira como si le estuviera mirando a él sus piernas; y parece que ella quisiera tocárselas con su mano...

Dios debería, más bien, ponerle su mano en la cabeza a Leonardo para que ya no esté triste: porque ahora él dice que nosotros descubrimos que el poema habla de una sensación rara, que solo los poetas se ponen a sentir: estar mirando las figuras de *La Virgen de las rocas*, y sentir que no es uno el que las mira, sino que son ellas las que nos miran a nosotros. Y entonces dice que él ha sentido lo que dice el poema: que esas mujeres de las rocas, ahí tranquilas como están, nos miran con pesar y con amor, a nosotros y a las desgracias que nos pasan... ¿Por qué dirá esas cosas Leonardo?...

—Yo miro ese cuadro —dice él con las manos entre la chamarra, recargándose al escritorio mientras el libro rueda por todos los puestos—, y es... yo no sé: como mirar lo que uno siempre sueña: estar así como las figuras del cuadro, en medio de las rocas tristes que son como la vida de uno a veces; pero estar así de tranquilo como esas mujeres; y ya no sentir miedo de estar solo; o de saber que un día se va a morir uno... Yo creo que eso dice el poema: que un día yo me voy a morir y ya no podré mirar más ese cuadro, pero las mujeres de las rocas van a seguir ahí mirando a otros; entonces a uno le dan ganas de estarse otro rato mirándolas, como si uno quisiera meterse en el cuadro, y estarse al lado de ellas como están esos dos niños...

"Yo les digo todo esto porque... porque ese poema y ese cuadro a mí me han hecho pensar que cuando uno se enamora es como estar en esa pintura de las rocas. Porque el mundo sigue triste, y la gente se mata, y hay gente que lo odia a uno… O sea, todo sigue igual de mal; pero uno se enamora, y se enamora alguien de uno… y eso es como estar en un lugar como ese: donde a uno lo alumbra el sol como a esas figuras de las rocas. Y allí uno puede estar tranquilo y no tener miedo…

"Claro que uno se enamora y también se siente miedo…: de que al otro el amor se le acabe…, o que se vaya, o que se lo lleven, y uno otra vez quede solo, y todo oscuro. Y entonces a uno le dan ganas de correr a… a donde su pareja, y abrazarla y no soltarla: porque también pueden querer separarnos; no como a las figuras de las rocas, que todos las miran pero no las tocan, sino que las dejan allí tranquilas… Por eso uno hace cualquier cosa para que lo quieran más y no se separen de uno. Y… creo que ya estoy hablando mucho...

"Tal vez… a ustedes les parezca una bobada todo esto. Y tal vez yo no debería decirlo. Porque a quién le interesa lo que yo siento. Pero de todos modos, desde el día que leímos el poema y vimos el cuadro, a mí el poema me gusta más. Y desde ese día yo… como que quiero más a mi amiga...

"Y eso era".

Y Leonardo se calla. Pero todos nos hemos quedado en silencio como esperando a que él siga hablando. Como si todos nos hubiéramos enamorado de él, más bien… Yo miro a las peladas, y algunas tienen los ojos brillantes, como si fueran a llorar. Pero miro a Memo, y parece que él sí ha llorado porque tiene roja la nariz… Carlos está serio, como mirando el piso: estará pensando en Maritza… Patricia y Fabio se están mirando. Leonardo me mira a mí sonriéndome con los ojos; y ahora mira por la ventana con la cara metida entre las manos, sentado atrás del escritorio… ¿Por qué no sonará ya el timbre?…

—Si alguien quiere hacerle alguna pregunta a Leonardo —está diciendo la profe—… O si quieren comentar algo…

Yo quisiera comentar que lo amo. Pero Esteban levanta la mano y le pregunta a la profe cuándo vamos a reunirnos para organizar el paseo que haremos en noviembre. Entonces ella le dice, como si se pusiera loca, que cuando pase la lluvia; y que si alguna otra cosa, nos dice. Pero ya nadie dice nada porque ha sonado el timbre. Coloso se va a pegarle un susto a Carlos, porque el güevón estaba durmiendo. Sylvia, Lucía y todas se han ido a darle besos a Leonardo; también Patricia ha ido, pero ya Fabio va a rescatarla, y de paso le pellizca las piernas a Leonardo y le despeina el copete. Lucía viene a recordarme el encargo para su monito. Y Memo no hace más que estornudar: parece que está resfriado.

Sentados en las gradas de la pista (porque hemos venido a besarnos; ahora está vacío el colegio, y ya es de noche pero no hace frío) yo quisiera decirle a mi amigo que lo amo. O algo así. Pero a mí solo me salen besos.

—…

—…

—¿Se acuerda que aquí fue donde nos peleamos?

—Sí…

—…

—Cada vez que me acuerdo me siento como una rata —le digo.

—¿Por qué?… A mí me da risa acordarme.

—Le pegué muy feo.

—Sí…

—Pero usted fue el que empezó la bronca —le digo; y me siento más rata… No debí decirlo.

—Porque usted me gritó que yo era un marica. Y eso me dio piedra.

—Pero yo no se lo dije en serio… O sí, pero fue porque usted se puso a decir que por mi culpa nos habían ganado el partido, que porque yo había jugado como si tuviera las uñas recién pintadas, ¿se acuerda?

—Y yo que se lo decía por chanza —¡A la hora que viene a decírmelo! —… Pero a mí me emputó que me gritara eso. Porque yo a usted lo quería. Y eso me emputó.

—Sí… Lo siento. Mucho.

—…

—…

—Nos dimos duro, ¿cierto? —me dice riéndose.

—Pero yo le reventé la nariz. Y me siento como un hijueputa… ¿Por qué no me da un golpe y me la revienta? Así quedamos empatados.

—¡Qué tal!… Cuando ya no me quiera le casco.

—Ah... Entonces ya no lo quiero. Nos vemos —le digo. Y me echo a andar por las gradas para bromear un rato.

—¡Venga, Felipe!

—...

Qué rico que me siguiera. ¡Maldición: pero él tiene una pierna mal!...

—¡Felipe!

A ver, Felipe: media vuelta...

—¿Qué quiere?

—No se ponga con güevonadas.

Ah...: verdad que hoy andamos tristes. Saquémosle, pues, la piedra para que se le pase.

—Pero es que ya no lo quiero.

—Ya, párela.

—De verdad... Ya no lo quiero, ¿qué hago?

—¿Y por qué no va a quererme, güevón? Si usted se muere por mí.

—Porque usted es un marica.

—...

—...

—¿Sí?

—Sí.

¡Maldición: cómo pega de fuerte este malparido!...

—¡¿Le dolió?!

—¡Claro! —lo empujo—. ¿Ha estado practicando?

—¡Güevón! —me va diciendo y también me empuja.

Y nos empujamos más, y ya soltamos la risa, y otra vez estamos aquí peleando por puro juego.

"Es delicioso jugar así", me digo; y dejarse ganar: porque él tiene mal una pierna, y ganarle no tendría gracia. Además, perder con Leonardo es muy rico: porque ahora que me tumba me coge a besos. Y nos besamos mucho. Y no se nos da nada que el celador nos pille y nos grite "Maricones"... Maldición: no está muy cerca el celador, pero quiere venir a agarrarnos. Y ya nosotros corremos fresquitos: porque en correr le ganamos a cualquiera: para eso somos futbolistas, y los futbolistas corremos mucho, tenemos fuertes las piernas, y podemos saltar facilito este muro para besarnos más, muertos de la risa, del otro lado.

Y todavía, esperando el bus, nos da mucha risa de ver lo boba que es esta vida. Porque le queda tan fácil a la güevona hacerse la complicada...

SEGUNDA PARTE

1

—¿Felipe?

—¿Quién es?

—César, ¿quién más va a ser?

Verdad: ¿quién más va a tener la voz de César?

—¿Qué quiere?

—¿Puedo entrar?

—Ya está adentro, ¿no?

Además, ¿desde cuándo pide permiso para entrar en mi cuarto? ¡Por qué tienen que ponerse todos tan raros!

—Creí que estaba dormido.

—… No he tenido sueño.

—¿Cómo se siente?

—¿Cómo se sentiría usted con los ojos tapados?

—Sí…

—¿Dónde estaba?

No sé ni para qué le pregunto. Como si no supiera: estaba en cine con Marlén. Al menos eso le oí decir en el hospital. El muy desgraciado: me he podido morir, y él se iría de todos modos a cine con Marlén. Así es César.

—Estaba con Marlén en cine.

—¿Sí?

—Le manda un beso. Mañana viene a visitarlo.

Claro: ya tenía que contárselo.

—¿Y qué vieron?

—*Azul profundo*. Sale un tipo igual a usted. Tiene que verla.

—Sí: mañana voy.

—Pues cuando le quiten eso, agüevado. No se ponga trágico; el médico dijo que solo es por unos días.

—Sí, como no… ¿Qué tal me quede ciego?

—No se va a quedar ciego. ¿No oyó, pues, al médico?

—Los médicos son muy pinochos.

—Que no le va a pasar nada, hombre —¡Por Dios!; si supiera… ¿O será que ya sabe y se está haciendo el imbécil? —. Solo se quemó la retina y la luz le hace daño. Uno se quema en cualquier parte y lo tapan con gasa y esparadrapos, ¿no?...

Yo creo que a César no le han contado. Si supiera se le sentiría. Porque, por ejemplo, papá no volvió a hablarme desde que supo. Claro que hasta ayer lo supo. Pero es como si no me hablara desde hace siglos: así es como se le siente a pa. Ni siquiera cuando me pegó dijo nada. En cambio ma sí me habla. Y se ha puesto toda cariñosa. Pero muy rara: como si yo me fuera a morir, o algo así. Aunque ella tampoco me ha preguntado nada: ni con quién me estaba besando, ni por qué, ni nada. Nada. ¡Qué feo eso! Porque yo pienso: si he hecho algo malo, deberían regañarme y cantármela de una vez y todo.

Pero no: se quedan callados, yo no sé por qué. No como la sicóloga del colegio que sí me preguntó de todo, y me dijo un poco de bobadas, y que con quién era que yo estaba y eso. Claro que yo no le dije nada porque, además, a ella qué le importa… Si pa y ma me preguntaran, a ellos sí les diría… No: yo creo que a ellos tampoco. O sea: ¿qué es lo que tengo que decirles?… ¿Qué? ¡Maldición!

Qué bueno fuera que Leonardo estuviera aquí… ¡Qué tal!: yo creo que papá lo notaría. Al menos solo a mí me pillaron. Y a la final es mejor que Leonardo todavía no lo sepa: se pondría todo preocupado…

Mañana íbamos a vernos. En el estadio… ¿Cómo voy a hacer ahora?…

—¿César?

—Aquí estoy.

—¿Qué hora es; ya es domingo?

—No. Apenas van a dar las once y media… ¿Le duele?

—No. Es que me rasca —Aj: que no me vaya a pillar llorando. Qué bruto: sabiendo que así me duelen más… Y de todas maneras se va a dar cuenta con esta moqueadera: los malditos mocos siempre lo están descubriendo a uno—… ¿Mamá ya se durmió?

—No. Está despierta porque a la una usted tiene que tomarse no sé qué pastilla.

—¿Y papá?…

—También está despierto.

—… Yo puedo tomarme esa pastilla solo. Mire: aquí está el frasco… y aquí el agua. La de las siete me la tomé solo.

147

—Usted es un verraco. Lo admiro.

—Malparido…

—…

—Ma quería lavarme los dientes. Tan exagerada, ¿cierto?

—Sí…

—Ni que no supiera dónde tengo la boca.

—La vieja solo está preocupada: se le accidentó la niña de sus ojos…

—Eh, pero se vino con todo a montármela, ¿no?

—Mentira, no me hagás caso: solo es para que te riás un poco, güevón…

Cómo no va a reírse uno: "la niña de sus ojos"… Me mató.

—…

—¿Cómo fue?

—¿Cómo fue, qué?

—Cómo fue que se echó ácido en los ojos.

—Yo no me eché nada. Se me rompió una batería y me salpicó ácido en toda la cara.

—¿Y cómo se le rompió?

—No se haga el bobo, César. Pa ya debió contarle todo.

—Sí…

Preciso.

—¿Qué… qué le dijo?

—Que le pegó una cachetada. Y usted se fue al piso con batería y todo.

—Un puñetazo fue lo que me dio.

—Sí. Tiene un morado en el pómulo.

—…

—¿Qué fue lo que hizo, pelota? Papá nunca nos ha pegado.

—¿Él no le dijo?

—Solo que usted había hecho una embarrada.

Una cagada, más bien… ¡Qué va!, yo no he hecho nada… De verdad: ¿dónde está el muerto?...

—¿No quiere decirme?

—… ¿Y para qué? —: para que me acabe de rematar, seguro.

—A mí no me gusta meterme en lo que no me importa, Felipe; pero los viejos están muy raros. En el hospital se pusieron a discutir y se dijeron un reguero de cosas…

—¿Están peleados?

—No. Parece que ya están bien. Pero están muy raros. Casi ni se hablan. ¿Por qué no me dice qué pasó?

—Es que no pasó nada, César.

—Cómo no pasó nada, pelotudo.

—…

—¿Es que está metiendo droga?, ¿es eso?

¡Droga: pero qué le pasa!

—¡Claro que no!

—¿De verdad?

—¿Es que tengo cara de marihuanero?

—… Con esos parches tiene es cara de mosca —Ya salió este con sus chistes idiotas. Claro que más idiota yo que me da risa—… Ande, cuente, pues. Ya me tenía asustado. Pensé que estaba metiendo y lo habían pillado. ¿De verdad no es droga?

—¡Que no, pues!

Pero hasta debería volverme marihuanero de verdad. ¿cómo sería?: me pongo a meter y meter, y me vuelvo todo cochino como el loco del otro barrio que es marihuanerísimo. Y pido plata en la calle y eso. Y si no me la dan, me la robo… ¡Claro!: me meto de ladrón y todo. Y de paso me vuelvo asesino y mato a dos o tres desgraciados; sobre todo al prefecto: ese fue el que se lo contó a los viejos, seguro. A la psicóloga también; claro que esa es tan bestia que hasta da pesar. Pero al celador sí lo descuartizo en trocitos. Y entonces me meten a la cárcel y me sacan en los periódicos bien despeinado. Y todo el mundo se va a enterar. Y papá se morirá de la vergüenza. Y mamá se volverá loca…

¡Qué tal!… Pobres viejos. A la final yo no soy más que una mierda…

—¿Y qué pasó, pues?

¡Vean a este: me la dedicó!

¡Aj!: hasta debería contarle. De todos modos lo va a saber, y yo voy a quedar como una rata: escondiéndome y todo. Además uno tiene que enfrentar las cosas, como dice papá…

—¿Fue que embarazó a una pelada?

—¡Noo! —Hasta me da risa…

—…

—…

—Está bien; si no quiere decirme: fresco. Pero cuando quiera usted sabe que puede contar conmigo.

—Sí: no hasta dos, ni hasta tres, ¿cierto?

—Sino que puede contar conmigo… ¿Qué hizo el casete donde estaba esa canción?

—Ahí lo tengo.

—No volvió a ponerla.

—Es que es como fea esa canción —¡Qué bruto: ese casete me lo regaló César! —. Pero la letra sí es bonita.

De verdad; es bien bonita. Yo debería dedicarle esa canción a Leonardo. Ah, Leonardo… ¿Será que no lo vuelvo a ver? ¡Maldición!: ¿qué tal me quede ciego?… No: el médico dijo que no. Yo no me voy a quedar ciego. Yo no me voy a quedar nada… Pero mañana se va a quedar esperándome Leonardo: él nunca se ha quedado esperándome: ¡se va a enojar: seguro!…

—¿Tiene frío?

—… No.

—…

—O sí. Yo no sé.

—…

—…

—¿Quiere que le traiga un café, o algo?

—No… Fresco, no se vaya.

César es más buena gente. Es todo creído, pero buena gente sí es. Qué rico que se quedara conmigo todo el tiempo…

—Debe ser feo estar con esos parches…

—Uff.

—Pero no le va a pasar nada.

—Ojalá… ¿Ya es domingo?

—No. Ya casi. ¿Qué pasa, pues, con el domingo?

—Nada.

—…

—Es que tenía una cita.

—¿Con Libia la bonita?

—No —Libia: si me hubieran pillado con ella—…
Con Libia terminé hace tiempo, ¿no le conté?

No. ¿Y ahora con quién está?

—Con —¡maldición! —… Con nadie.

—No haga más que perder el tiempo.

—No: si por no perderlo es que…

—¡Ah: entonces sí es un lío de faldas!

El César es muy astuto. Eso hay que reconocérselo.

—Algo así.

—Tan güevón, ¿y por qué no me cuenta? Nosotros
nos contamos todo, ¿no?

—No, César. Usted… usted me va a acabar de re-
ventar si le digo.

—¿Es que es muy feo?

—… No. Más bien es lindo.

De verdad: Leonardo es un lindo.

—…

—…

—Ande: cuente, pues, que me voy a herniar de hacer
tanta fuerza.

¿Y si le digo que sí dejé embarazada a una pelada?…

—¿Usted ha dejado embarazada a alguna pelada?

—Nunca. Pero una vez me llevé un susto.

—¿Con quién?

—Usted no la conoce.

Tan caso: a cuántas novias de César no conoceré. Yo no sé para qué tiene tantas: esa es una de las cosas que no voy a entenderle nunca… Yo creo que se necesita ser un poquito hijueputa como César para estar con varias… O sea: porque este les dice que las quiere a todas. Y las muy taradas se lo creen: yo no sé cómo hacen.

—¿Usted a cuántas peladas se ha gozado, César?

—Uuuu, hartas.

—¿Y cómo hace?

—¡Pues haciéndolo!... Casi siempre en una cama.

—¡¿Sí?!

¡"Casi siempre en una…": pelota! ¡Lo que yo no entiendo es cómo puede decirles que las quiere! Porque César no las quiere a todas: eso se sabe… ¿Cómo puede mentir así? Eso es lo que no me gusta de César. Uno como que no puede confiar en él…

—¿Por qué me pregunta esas bobadas?

—Por nada…

—¿Fue que lo pillaron haciendo algo en el colegio?

—No… O sí. Más o menos.

Ahora sí me la sacó.

—¿Más o menos?: lo pillaron comiéndose a una pelada, ¿cierto? ¡Qué pelota!; yo ya me imaginaba que por ahí era.

¡Por Dios, ¿por qué tiene que reírse?!

—Yo no le veo la gracia.

—Cómo se la va a ver si está ciego.

Qué chistoso. ¡Cómo me carga esa risita!

—¿Dónde los cogieron?

—No nos cogieron. Solo nos vieron.

—¿Sí? ¿Y quién los aventó?

—Un celador.

—¡¿Un celador?! ¡¡Pero qué malparido tan sapo!!

—¡¿No es cierto?! A él qué le importaba…

—Sí. ¿Y dónde fue?

—Pues en el colegio.

—Ya sé; pero en qué parte.

—En la pista.

—¡¿En la pista. Y de día?!

—¡No!, ya era de noche. ¿No ve que fue después de clases?

—Muy arriesgados… ¿Y cómo está la pelada. También les contaron a los papás de ella?

—No —Maldición: ya me tocó decirle todo—… Es que solo me pillaron a mí.

—¿Cómo así?

—O sea: es que el celador nos vio, y nosotros salimos corriendo. Sino que yo dejé tirados unos cuadernos. Y por eso me cogieron.

—Qué bestia… ¿Y cuando fue eso?

—El jueves. Y ayer me llamaron a la prefectura; y después adonde la sicóloga y todo eso.

—¿A donde la sicóloga?

—Sí. Yo no sé para qué —¡Cómo no voy a saber! —… Como si besarme fuera una enfermedad.

—¿Besarse? No venga con cuentos, Felipe. Ustedes estaban haciendo el amor.

¡Por Dios, ¿por qué tiene que sacar siempre esa risita?!

—Pues sí... Pero solo estábamos besándonos. Mejor dicho: ¿cuál es la diferencia entre besarse y hacer el amor? Es lo mismo, ¿no?

—¡Cómo va a ser lo mismo! Besarse es besarse, y hacer el amor es hacer el amor.

—¿Y cuál es la diferencia?

—¡Cómo cuál es la diferencia!

—Pues sí: cuál: uno se besa y junta los labios y la lengua y eso; y si hace el amor, lo que junta es todo...

—¡Pues ahí está!: casi no cambia nada, ¿no?

—Pero es lo mismo —¡Aj!; Leonardo sí sabría explicárselo a este bobo—... A la final, hacer el amor solo es estar juntos...

De verdad: solo es eso. Lo demás qué importa... si todo son como pedacitos de lo mismo...

—Bueno, lo que sea. Pero a nadie lo llevan al sicólogo por besarse; ni van a armar todo un lío por esa bobada.

—...

—...

—Solo nos estábamos besando...

—Usted está tapando algo, Felipe.

—Yo no estoy tapando nada.

¡Maldición: yo no tengo que tapar nada!

—¿Pero entonces por qué el viejo se puso como se puso?

—Pues porque...

—...

Dios, cómo es de difícil...

—Lo que pasa es que yo —Me va a matar: seguro—... Yo estaba besándome con otro muchacho.

—...

—...

—...

Ahh: César también se va a quedar mudo...

—...

¿Por qué no dice algo, César?... Por favor, ¿sí?...

—...

Hágale, diga alguito, pues. Eso: respire y tome impulso...

—...

¿Por qué no se porta como la gente normal y grita, y se agarra de los pelos y todo? O por lo menos máteme, ¿sí? Vea: podría ponerme la grabadora en la cabeza...

—...

O el monopatín: el monopatín pega duro...

¡¡Uff: cómo me duelen estos putos ojos!!...

—...

Leonardo...: ¿dónde estará mi amigo?...

—...

Qué frío hace, Leonardo...

—...

—...

—¿Con cuál muchacho, Felipe?...

Maldición: César está llorando...

28

Las babas, Felipe, las babas.

¡Qué cantidad! La almohada está llena de babas, Felipe. Y el brazo y todo. ¿Cuándo va a aprender a dormir boca arriba, pelota?: un día de estos se va a ahogar entre la almohada. Está mojadísima: qué feo… Y después queda toda sucia de manchas, y eso da pena con mamá…

¿Por qué se me saldrán así las babas?...

—Mis ojos, mis ojos…: ¡qué tapados!

Ni siquiera puedo abrir los párpados. Pero ya no duelen.

—Mmmm…

Qué rico enterrar así la cara entre la almohada. El otro día conté hasta setenta sin respirar…

¡Treintaidós!

—Estoy muerto…

Debería ponerle una funda limpia a la almohada antes de que venga mamá… ¡Pero cómo la busco: maldición!

Pa me tomó una foto durmiendo así con la boca abierta. ¡Y aplastada: qué piedra! Claro que estoy bien niño en esa foto, y ya parece que no fuera yo. Sino que cuando ma la muestra dice que soy yo y a mí me da pena. A pesar de que cuando la muestra, ella hace una cara como si le gustara mucho esa foto. Y a la final yo no quedé tan mal ahí. Porque estaba niño, claro. Pero ya estoy muy grande: no debería dormir con la boca abierta. Esa es la cosa más horrible de este mundo, de verdad… Claro que Leonardo también duerme así, y se ve lindo. Porque tiene tan bonita la cara…, y sus labios son…

—Uff…

Leonardo se ha quedado aquí… cuatro veces. No: cinco.

Uno se despierta, y él está dormido con la boca abierta. Entonces dan ganas de besársela… Qué rico que es meterle la lengua en la boca cuando él está durmiendo. Entre las encías y los labios es delicioso. Y debajo de los dientes. Y así me estoy mucho rato y él no se da cuenta. Bien dormilón que es. Ni siquiera cuando le acaricio los ojos con la lengua, y se los mojo todos, se da cuenta. Pero cuando se lo hago en los huequitos de la nariz, él la arruga todo chistoso: como si fuera a estornudar. A mí me da risa que arrugue así la nariz: entonces lo molesto más y él se despierta, me mira, y me abraza durísimo. De verdad: casi me destripa. Y otra vez se queda dormido.

—Cinco veces…

Yo creo que aquí deben sospechar que Leonardo… ¿Será? Pero también pensarían en Carlos: Carlos se ha quedado aquí mil veces…

Dormir con Carlos es muy feo. Se la pasa hablando dormido, es terrible. Lo único bueno es que después uno puede bromearle harto: pobre… Hugo también se quedaba mucho a dormir. Y yo me quedaba donde él.

Hugo se murió. Eso sí me pone triste. En serio. Yo lo quería más a Hugo… Claro que a él no le gustaba jugar fútbol; y por eso casi no lo querían en la cuadra.

Como si fuera un extraterrestre por no jugar fútbol. Yo sí lo quería porque eso qué tiene… Pero se murió. ¡De doce años! Nadie debería morirse de doce años: Dios es tan raro… Y Hugo era todo lindo: cuando dormíamos juntos él siempre me iba robando las cobijas, y me destapaba todo. Y yo no le tiraba de las cobijas porque me daba miedo que él se despertara. Yo soy como muy bobo. Pero entonces Hugo se daba cuenta, yo no sé cómo, y se volteaba y me arropaba como cuando mamá me arropaba. Y a mí me mataba siempre que él hacía eso…

—Hugo…

¿Por qué tuvo que enfermarse? Nadie debería enfermarse. Se puso muy flaco y todo. La segunda vez que fuimos a visitarlo con ma al hospital ya no parecía él. Sino que su cara sí era como la de él. Ma salió del cuarto. Ma es muy nerviosa: a veces. Yo sí me quedé. Y le dije: "Quihubo, Hugo". Pero él no dijo nada porque estaba dormido. Y le moví el hombro y otra vez se lo dije: ni siquiera se movió. Y a mí me dio un pesar. Entonces yo sí le puse un beso: en los labios y todo. Pero él no se dio cuenta. Estaba más frío… Y después ma entró toda asustada con una enfermera y me sacaron del cuarto: porque Hugo ya estaba muerto. Hacía poquito estaba muerto Hugo…

Menos mal ya estaba muerto. Porque yo me puse a vomitar. Casi me muero.

¿Cómo seré cuando me muera?… ¿Será que si me muero veo otra vez a Hugo? Si lo veo le hablo, y le pregunto si se acuerda de mí. Y lo abrazo.

¡Qué bruto!: ¿cómo voy a abrazarlo si ya no voy a tener brazos, ni nada? ¿Y cómo voy a verlo siquiera?... ¿O será que sí? ¿Será que el alma tiene ojos?...

Morirse uno... Leonardo dice que de la muerte uno nunca va a saber nada. Al menos mientras uno esté vivo. Que de la muerte uno solo sabe lo que no será, dice. Eso lo dijo un día en la clase de religión y el de religión casi lo mata. Claro que después el profe se calmó, y le dijo a Leonardo que lo que pasaba era que él todavía no podía entender ciertas cosas. "Ciertos conceptos", fue como dijo. Mejor dicho: no le dijo nada.

"Ciertas cosas". Así me dijo la sicóloga. Más o menos..., ¿cómo fue lo que me dijo?: que yo estaba confundido, pero que eso era normal y no sé qué más cosas; y que con el tiempo yo iba a entender cuál era mi verdadero papel. ¡Tan boba!: como si yo estuviera en una película...

Pero de verdad: uno cómo va a saber de la muerte nada. Uno no debería ni pensar en eso. A mí por lo menos me pone más triste que el demonio. Como un día que yo estaba mirando a Leonardo, y me puse a pensar en eso porque me acordé de Hugo (maldición: yo siempre me estoy acordando de Hugo): estábamos en clase, y a Leonardo se le cayó el copete sobre la frente y él se lo levantó con un soplo: Hugo siempre hacía eso: a Hugo siempre se le caía el copete. Por eso me acordé de él. Y sentí una cosa más rara: sentí que yo no estaba ahí porque era yo el que había muerto, y no Hugo; y que era Hugo el que estaba mirando a Leonardo, y no yo.

Entonces me dieron celos de Hugo. Casi lloro; en serio: ¡más raro!...

—Pobre Hugo...

Cuando él se murió a mí me dieron ganas de morirme con él. Porque él se iba a ir solo. Eso era lo que más me dolía. Dios debería matarlo a uno con dos o tres amigos para no irse uno tan solo. Yo sí me hubiera muerto con Hugo... Lo malo es que, si me hubiera muerto, no me habría enamorado de Leonardo. Ni siquiera lo habría conocido. Y no estaría aquí todo nervioso queriendo verlo. Mejor dicho: no estaría vivo. Lo malo de morirse es que uno ya no va a estar vivo. Eso es lo más malo...

Claro que yo pienso: ¿de qué me sirve estar vivo si mi vida no es mía? Ayer sí que pensé eso: porque papá le estaba diciendo a mamá que me iba a cambiar de colegio. Maldición, eso sí me lo daña, en serio: los papás siempre están haciendo con uno lo que les da la gana... Todo porque quieren separarme de Leonardo. ¡Y ni siquiera saben que él es mi amigo, y ya quieren separarnos. Y hasta lo odiarán y todo. Solo porque es un muchacho...

—Dios, ¿en dónde tienen el veneno los muchachos?...

Yo no entiendo.

Tanto escándalo por un beso. ¿Qué cosa hay en un beso, Dios? ¿Y a quién le importa si son mis besos. Si mis labios son míos. Y son de Leonardo. Si cuando Leonardo muerde mis labios, son mis labios los que muerde. Y no los de papá. Ni los de nadie?

Qué amargado es todo el mundo. Se arman un lío por nada. Y todos no hacen más que preguntarle a uno la misma bobada: "Por qué, por qué"… El prefecto me dijo: "¿Por qué andaba haciendo esas porquerías, Valencia? ¿Quién es el otro?": casi lo mato… y el profe de álgebra: "Pero, Valencia, ¿por qué?; si usted es un buen estudiante. Yo no sabía que tuviera ese tipo de problemas": me da risa: los matemáticos andan viendo problemas en todas partes. Son como güevones los matemáticos. Y yo que creía que el de álgebra era una lumbrera… ¡Maldición!: se lo contaron a todos los profes: qué plaga más chismosa… Pero la psicóloga sí me mató: "Cuéntame, Felipe, ¿por qué lo estabas haciendo? Tranquilízate y dime. Yo soy tu amiga": claro: de pelota que soy que me llorosearon los ojos. Yo no sé por qué me tiene que pasar siempre eso. ¡Pero, por Dios: "mi amiga"; si ni siquiera la conozco!…

Qué bobada: "por qué". Pues porque me enamoré de Leonardo. Y porque él me gusta. ¿Por qué más va a ser? Debí decirle eso a la sicóloga.

"Señora sicóloga, dos puntos, ¿por qué estoy ciego?"…

De verdad: por qué… ¡Maldición!: otra vez me duelen estos-putos-ojos…

—Aspirinas, aspirinas…

¿Dónde están, aspirinas?… Aquí están. Las aspirinas se sacan…, se parten las aspirinas…

—El agua…

A ver: déjese coger, vasito. Felipe se toma las aspirinas… y ya no le duelen los ojos.

No me duelen. No me duelen.

—Qué frío…

¡Los carros!: ya debió amanecer porque se escuchan los carros.

—Por qué-por qué-por qué…

Ahí va otro carro… y no más: los domingos pasan muy pocos. ¡Maldición: ya es domingo! ¿Qué voy a hacer con Leonardo?...

"Bogotá, octubre…".

—¿Octubre, qué?...

Veintidós. "Bogotá, octubre 22. Querido Leonardo: ¡nos pillaron! El jueves, ¿se acuerda? Papá me dio un puño, y ahora estoy ciego. Por eso no podré ir esta tarde al estadio: no es culpa mía, ¿sí ve? Ya sé que usted me llamó por teléfono, pero no me hicieron pasar. Ya no vamos a vernos más Leonardo: acabo de tomarme setecientas aspirinas. Te amo. Felipe"…

¡Qué tal! Ni que estuviera loco.

Además, ¿dónde voy a conseguir setecientas aspirinas?

Lo que debería hacer es decirle a papá que yo estoy enamorado de Leonardo: que él es mi novio, le digo… No: así no. Solo decirle que lo quiero. Pero que no lo voy a dejar por nada, sí le digo. Y entonces le pregunto si me podría llevar al estadio…

—Ojalá todo fuera así de chévere…

Lo que tendré que preguntarle a papá es si lo va a matar a Leonardo. Si dice que sí, me voy de la casa…

—Pero, ¿a dónde?

¿Si me voy a Medellín: con mi tío César, o con tía?... No: eso sería como no irme. Además yo no voy a dejar a Leonardo aquí tirado. Mejor me voy de andariego por ahí. Y me vuelvo un gamín y todo. Como Oliver Twist… ¡Tan caso!: Oliver también se dio un beso con un amigo del orfelinato. Dick le dio un beso a Oliver porque se iba a morir. Pero no los vieron. Menos mal no los vieron; porque si no los habrían matado: si les pegaban por pedir comida… Los habrían matado: seguro.

—Y ahí se habría acabado la novela.

Si no nos hubiera visto el celador… Qué brutos: debimos tener cuidado… Pero ¿de qué? O sea: ¡¿por qué?! A la final, lo malo no es habernos besado, sino que nos hubiera visto el celador. De verdad: si no nos hubiera visto, ahora yo estaría todo feliz y no llorando como una pelota: la gente no hace sino dañarle a uno la felicidad… Y no estaría aquí sentado, agarrándome la cabeza y todo; y papá no querría sacarme del colegio, ni nada; y nadie me estaría preguntando que por qué, Felipe, por qué, Felipe…

Por qué, Felipe…

—Por qué-por qué-por qué…

Solo estaría feliz.

—¿Felipe?

¡¿Pa?!

—¿Pa?...

¡Mierda: papá está aquí!

—¿Qué hace sentado en el suelo?

—Es… es que me cansé acostado —¡Malditos mocos!...

—Venga: levántese. Se va a resfriar, hombre. ¿Le arrimo la silla?

—No… aquí en la cama.

En la cama estoy bien…

—¿Por qué no se acuesta? Todavía es temprano.

—Es que me canso —¡Tan raro: pa me está hablando!—… Acostado me canso.

Desde el viernes no me hablaba. ¡Maldición: ¿qué me va a decir?!

—Pero abríguese al menos: está temblando.

—Sí… —¡¿Por qué tendré que ponerme a temblar siempre?!

Papá se oye tan raro. ¿Será que se le pasó la rabia?…

—Tome: póngase esto.

—…

Mi buzo que me regaló mi tía… ¿qué andaba haciendo por ahí mi buzo?… Maldición: ¿dónde están las mangas?…

—Espere le ayudo, Pitucho.

¡¡¿Pitucho?!!

—…

—A ver: cuidado con esas vendas.

Tan chévere: "Pitucho"… Hacía siglos que pa no me llamaba así. Desde bien chiquito; ya ni me acordaba. ¿Qué le pasará? ¡Y se sentó a mi lado y todo!…

—¿Cómo van esos ojos?

—Ahí… ahí van.

—No se moleste las vendas. ¿Le están doliendo?

—No… un poco.

Ya no está enojado…, parece.

—Voy a traerle agua para que tome aspirinas.

—No: ya tomé.

Me tomé setecientas, papá: estoy muerto.

—¿Por qué no me llamó?

—No. Yo puedo solo, ¿para qué lo iba a molestar?

Además, yo qué lo iba a llamar, pa: si usted está todo enverraquecido conmigo…

—De todos modos debió llamarme: cuando necesite algo, llámeme.

¡Pero cómo iba a llamarlo, pa, ¿qué le pasa?! Además, uno tiene que valerse solo, ¿no?

—Usted siempre dice que uno debe saber valerse solo…

—Sí. Pero tampoco es para que se las dé de mucho café con leche, pues.

Uff: pa está de lo más rico…

—…

—…

¿Y ahora qué le digo?

—¿Qué… qué hora es?

—… Van a ser las seis.

—…

—…

—Está temprano…

¿Qué más le digo, qué más le digo?… ¡diga usted algo, pa!

¿Será que todavía está enojado? ¿Le pregunto?…

—¿Todavía…?

—… Todavía, qué.

—¿Todavía tengo morado el pómulo?

¡Pero qué pelota!: ¿cómo voy a preguntarle eso a pa?

—A ver —Uf: y cómo me aprieta la quijada. Pa siempre me aprieta la quijada—… Un poco. ¿Le duele?

—Solo si me toco.

¡Y ahora me está agarrando del pelo y todo!… No debí preguntarle eso: me hace sentir como una rata, de verdad.

—¿Cuándo se va a cortar el pelo?

—¿Está muy largo?

—Un poco.

—¿No le gusta?

Qué pregunta más idiota: claro que no le gusta; a papá nunca le ha gustado…

—No… Pero si a usted le gusta…

¡¿Pero si a mí me gusta?!: pa está muy raro: definitivamente. Solo falta que me abrace y todo. No debí preguntarle eso… Pero qué rico que ya no esté enojado.

—Usted ya no está enojado conmigo, ¿cierto?

—…

¡Preciso!: tenía que ponerse a abrazarme.

¡¿Por qué me abraza así, papá?, si usted estaba puto conmigo: por lo del beso, ¿se acuerda?… ¿No ve que me hace sentir como una rata?, y ya me está haciendo llorar y todo, ¿sí ve? Usted no debería abrazarme así, viejo. Usted siempre va a estar emputecido conmigo, papá: porque yo no voy a dejar a Leonardo, ni nada!…

Suélteme, pues… Al menos déjeme sacar la cabeza porque me estoy ahogando…

¡Uff!… Ya: cálmese, Felipe. Fresco. Dígale que no va a dejar a Leonardo, para que ya lo suelte. ¡De una!: las cosas claras, Felipe…

—Pa…

—…

—Yo quería decirle una cosa.

—No. Yo ya sé, Felipe.

—…

—No me diga nada.

¡Ah, usted qué va a saber nada, papá!

¿Por qué no me suelta, pues? Hágale: hasta me da asco; en serio: me dan ganas de vomitar… ¿Qué pasa?: usted no es así, papá: "No me diga nada", ¡por Dios!

¿Y dónde está Leonardo, pues, Dios?

Tengo tantas ganas de vomitar, Leonardo… Y sacarme de encima a papá con un puño. Solo que mis puños no le van a hacer nada: es tan fortacho, pa, Leonardo; uno lo empuja y ni se mueve. Tendría que darle ochocientos puños en la nariz. ¡Y ni con eso! Bueno sería un puño durísimo para mandarlo volando contra la pared, como un monito animado. Y que se quede bien aturdido, porque cómo puede ser tan miserable, Leonardo: "No me diga nada": ¡ni que usted fuera una pura mierda!… Malditos ojos: cómo duelen.

—Vamos, pues, acuéstese.

—… No.

¡Qué hipócrita!… ¿Qué pasa?: usted no es un bobo, papá: usted no se calla así…

—¿Se siente bien?

—Sí.

Sí: me siento de lo más bien… ¡póngase serio, papá! "¿Se siente bien?": ¡como si le importara! ¿Por qué no se va de una?, váyase ya…

—Arrópese, o se va a morir de frío…

—…

Usted es el que se va a morir si no se va. Hasta debería matarlo de verdad…

¡Dios, qué tal!

Tranquilo, Felipe: ¿no ve que le duelen más los ojos, güevón? Matar a pa: ¡qué le pasa!…

—Voy a hacer café. ¿Quiere?

—…

¿Quiere café-quiere café, Felipe quiere café… Pitucho quiere?… Leonardo: ya es domingo.

—Felipe… ¿Está bien?

—…

¿Por qué no se va, papá?

—Felipe…

—…

No le diga nada, Felipe: mejor hágase el dormido. Si abre la boca va a saber que está llorando como un marica: los malditos mocos, Felipe. Si se da cuenta otra vez lo va a abrazar y todo: él es así… todo hipócrita papá…

Ah: ya salió. Y cerró la puerta: bien hecho.

Ojalá no volviera. Ni siquiera debería hablarme más en la vida… ¡Eso!: no hablarle nunca más. Ni en mil años. Y cuando se esté muriendo de viejo y eso, me va a llamar para que yo le diga algo, ¡y no voy a decirle nada!… O sí: le digo: usted quería que yo no le dijera nada, ¿se acuerda? Y él se va a sentir como una rata…

Ahí sí: como una serpiente… 30

169

Lo malo es que cuando regrese al colegio voy a necesitar plata para el bus y todo eso. Entonces tendré que hablarle para pedirle: ¡maldición! Si no tuviera uno que pedir nada... Claro que yo puedo pedirle a mamá. Pero a ella tampoco debería hablarle más. A nadie.

Lo que debo hacer es irme. Y no dejarme ver más nunca. ¡Pero irme de verdad! Vivir en la calle, al menos. Debajo de un puente...: hay gente que vive debajo de un puente, ¿no? O vivir en una casa de paroid, como las de los pordioseros; cualquier lugar sería bueno, si fuera mío... Yo podría decirle a Coloso que me preste su carpa para irme ahora: solo tendría que llevar mi ropa...

¡Pero a dónde voy a ir con estos ojos tapados, maldición!

Fresco, Felipe: no podemos agarrar el mundo a patadas.

¡Qué idiota!: vivir en la calle... Como si no hiciera frío en la calle. Como si no le diera hambre a uno en la calle. Solo con pensar en irme ya me agarran escalofríos. Y mordiscos en el estómago.

¡Uno sale a la calle, y ahí mismo está el frío!... Claro que nadie se muere de eso cuando sale a la calle. Y llueve y todo, pero uno se está debajo de un alero y no pasa nada... porque uno tiene su casa, claro: porque uno sabe que a la final podrá calentarse en su casa... Pero si yo me fuera: estaría en una calle, y sentiría frío; y me iría luego a otra calle, y seguiría el frío; y el hambre... Por qué no será todo como en las películas: en las películas siempre hay comida, y la gente no se congela ni nada...; o sí: pero nadie se muere por eso: en las películas la gente se muere siempre de otra cosa… Y en los libros. Ni siquiera Oliver Twist se murió de hambre. Y eso que vivía en la calle. Bien miserable Oliver…

—Yo debería irme con él.

Si la vida fuera como en los libros: si no se sintiera el frío como en los libros. Claro que Oliver sentía frío. Y hambre. Y le dolían los golpes que le daban (¡cómo le pegaban a Oliver!). Él debió sentir todo eso, seguro. Pero uno lo lee, y Oliver… se ve como más hermoso cuanto más sufre: uno como que se enamora de él por eso. Es tan raro: uno casi desea que sufra más para quererlo mucho. Y a uno no le importa que le pasen muchas cosas malas: porque uno sabe que más adelante debe haber algún capítulo en el que Oliver va a estar bien. Y va a estar vivo: a pesar de todo… ¡Los libros son una mentira!: ¿cómo es posible que le pase a uno todo eso y no se muera de la tristeza? ¿Y quién va a creer que Oliver esté a punto de morirse de hambre en un capítulo, y en otro todavía esté a punto de morirse, y en el siguiente también; y cómo es posible que llegue a pie hasta Londres si se está muriendo de hambre: cómo puede caminar Oliver si está muerto del hambre?

—¿Cómo?…

¿Cómo puede uno creer eso, Leonardo?

¿Cómo voy a irme yo de esta casa, si yo no soy Oliver? Oliver Twist no existe, Leonardo. Y su frío está bien porque tampoco existe. En cambio mi frío está aquí. Y dura cada segundo el maldito: mi frío no se va porque

171

sí como el frío de Oliver cuando se acaba un capítulo…
La vida siempre está aquí, mi frío siempre va a seguir
aquí. Siempre…

Maldición, cómo duran las cosas, Leonardo. Las cosas sin usted… ¿Dios, cómo haré para ver a mi amigo?…

—Si pudiera ir al estadio…

Si pudiera ir, le diría a Leonardo que me llevara con él.

Hasta me da risa, ¡como si Leonardo fuera un príncipe azul, qué maricada!

Pero bien rico fuera: Leonardo es como una especia de príncipe, y viene montando en su dragón blanco, como Atreyu, el de *La historia sin fin*; y yo soy Sebastián, claro, porque la Nada se estaba comiendo a Fantasía… se estaba comiendo a la Vida, mejor dicho, y yo salvé a la vida porque le encontré otro nombre a Fantasía… Fantasía se llama: *Leonardo*…

Debí decirle eso a César. "Con cuál muchacho", me preguntó. "Se llama Fantasía", debí decirle. Pero yo le contesté: "Usted no lo conoce"…

¡Cómo no va a conocerlo! Si todos conocen a Leonardo en esta casa. Y hasta lo quieren. Sobre todo papá: pa lo quiere mucho. Porque Leonardo sabe de fútbol, y papá es un vicioso del fútbol. Pa es lo que se dice un fanático. Y un experto, eso sí. Lo que yo no entiendo es cómo puede ser hincha del Independiente Medellín: cómo puede ser un experto y ser hincha del equipo más malo de este mundo. Eso es poco inteligente, como dice él. Claro que el Santa Fe es todavía más malo:

y Leonardo es hincha del Santa Fe. Será por eso que él y papá se entienden.

Si yo le dijera a papá que él es mi amigo…:

—Leonardo es mi amigo, pa.

Entonces él me va a decir:

—¡Ah, bueno!

… ¡Qué tal!: ni que la vida fuera linda. La vida solo sirve para morirse uno… como se murió Hugo.

Dios, ¿por qué tiene que volverse todo tan complicado? Si ser feliz es tan fácil…

—¿Está despierto?

—…

Maldición: otra vez papá. Debí quedarme acostado.

—Traje aguacafé.

—…

Aguacafé: por qué se pondrá papá con esas cosas. ¡diablos, qué caliente!

Y ahora se sentó en mi silla. ¿Qué querrá?

Debería al menos decir algo. ¿Me estará mirando o qué? Qué feo que lo miren a uno sin saber… Ah: está mirando mis libros de la mesa.

—¿No lo va a beber?

—Está muy caliente.

—Claro: a ver si le mata ese frío.

—No es frío. Es… como nervios —Maldición: no debí decir eso.

—¿Por los ojos?

—Sí… Yo no sé.

173

—Ahora viene su mamá a cambiarle las vendas. No tiene por qué quejarse: no todos tienen una enfermera en su casa.

—Sí tengo: a mí no me gusta que mamá sea enfermera.

—A nadie tiene por qué gustarle. Con que le guste a ella.

—O sea, sí me gusta. Pero no me gusta cuando trabaja por las noches... y que tenga que ver morir tanta gente.

—¡Ah, sí: a mí tampoco! Pero ella es muy terca... Ya no debería trabajar más.

—...

—... Ojalá hubiera sido una de esas mujeres perezosas: ¿qué necesidad tiene? Pero es tan terca.

Pa es más chévere cuando se pone así hablando de mamá.

—Usted cómo la quiere, ¿cierto?

—¡¿A su mamá?!... un poco.

¡"Un poco"!: si siempre se está muriendo por ella.

—...

—De qué se ríe, muelón.

—... No me diga "muelón".

—No se burle entonces... ¿De quién es este libro?

—¿Qué libro?

—*Un mundo para Julius*.

—Se dice Yulius... Es de Leonardo —Leonardo es mi amigo, pa.

—¿De Leonardo?

"¿De Leonardo?": ¡qué tonito! Pa no es ningún bobo. Hasta debería decirle.

—… Tenemos que presentar un trabajo sobre ese libro en el colegio.

—Se entienden bien estudiando, ¿cierto?

Ah: papá va a empezar a emborracharse dándome vueltas. Como César.

—Y jugando también: con Leonardo nos entendemos en todo.

¿Qué le pareció esa, pa?...

—…

No vamos a quedarnos callados otra vez, ¿cierto?

—…

—¿De qué trata?

—¿Qué?

—El libro.

—De un yupi.

—¿Un qué?

—O sea: de un niño rico.

—¿Y qué hace?

—Nada… Solo es un niño rico. Pero no parece.

—¿Por qué no parece?

—Porque es buena gente.

—¿Acaso los ricos son mala gente?

—Para ser rico se necesita ser mala gente. César dice eso.

—Sí. Pero no los meta a todos bajo la misma cobija… Tómese pues eso antes que se enfríe.

—…

—Vamos a ir al mercado; ¿va a venir con nosotros?

—¿Así?

—No tiene nada; ¿acaso no puede andar?

De verdad.

—¿Y no me podrán quitar esto?

—No: debe tenerlos al menos tres días.

—Aunque sea el derecho; mire que el derecho casi no me duele —¡Mentiras!...

—Ahora le preguntamos a su mamá. Pero es mejor que se los deje.

—Es más incómodo.

—Deben estar sucios de lagañas. Ahora cuando se los limpien y le cambien las vendas se va a sentir mejor.

—¿Y usted cómo sabe, pa?: usted no es médico.

—Pero yo también me he quemado los ojos, y he estado igual que usted.

—¿Sí? —Igual que yo: no creo—. ¿Cómo se los quemó?

—Con soldadura eléctrica.

—Ah... no sabía.

—¿Y es que tiene que saberlo todo?... Usted no había nacido.

—Usted le llevaba serenatas a mamá cuando eran novios, y abuelo lo sacaba corriendo.

—¿Qué tiene que ver eso?

—Yo no había nacido...

—Muy astuto. ¿Y a usted quién se lo contó?

—Un señor que arregla carros.

—¿Ah, sí?: pues dígale a ese tipo que no sea tan chismoso.

—Sí: es un poquito hablador. Pero es como buena gente.

—Al menos, ¿cierto?

—Sí… Lo malo es que a veces se enoja y le pega a lo primero que tiene enfrente.

¡Maldición, Felipe!...

—… Tendrá algún motivo para enojarse…

—Pero es que él se enoja, y no dice por qué. A veces.

—A veces los motivos son muy evidentes, ¿no?

Sí, cómo no…

—A veces no tanto… Y así tuviera motivos, ¿por qué tiene que ponerse violento? Yo no entiendo.

—…

—…

—¿Y es que siempre se pone violento?

—Casi nunca. Nunca, mejor dicho… Pero el otro día se disgustó… con un hijo que tiene. Y le dio un puñetazo.

—… Sí… eso no se hace.

¡Hijueputa: papá es un bello!...

—Yo creo que debió tener mucha rabia…

—A veces se pierde el control. Pero no debió hacer eso…

—¿Y cómo es el hijo que tiene?

—Es… es como de mi edad… A mí me cae bien.

—…

—También juega fútbol…

—Haría algo muy malo para que ese señor se enojara así…

—Yo… yo no creo…

—¿Usted sabe lo que hizo?

¡Maldición!

—¿Quién?

—El hijo del señor que arregla carros.

—… Síí.

—¿Y usted qué piensa?

—¿De qué?

—De lo que él hizo.

¿Qué pienso?

—Nada. Es… es que no hizo nada.

—¡Cómo nada!: ¿no hizo nada y el papá se enojó? ¿Y le pegó a su hijo por nada?

—…

—…

—De verdad. Solo se enamoró… y al papá no le gustó. Creo.

—¿Se enamoró?

—…

—¿Y de quién se enamoró?

¡Claro!: tenía que preguntármelo…

—No sé… Solo se enamoró. Eso me dijo él.

—Tal vez se enamoró de quien no debía.

¡¿De quién no debía?!

—Sí. Tal vez… O sea, ¿de quién debe enamorarse uno?

—Yo creo que usted sabe bien eso, Felipe.

—Sí: uno… uno debe enamorarse de alguien que lo haga feliz a uno.

—…

—Usted siempre dice eso, pa.

—… Hay personas que no pueden hacerlo feliz a uno.

—Pero ese muchacho es feliz. A mí me parece.

—Yo no creo.

¡Por Dios, ¿cómo puede decir eso?!...

—¿Usted… usted cómo puede saberlo, pa? Usted… usted no ha ido a preguntárselo, yo creo.

—… Solo lo supongo.

¡"Supongo"! ¿Y por qué no supone que es feliz, entonces?...

—¿Y si… y si él se ha enamorado de quien no debe, pero es feliz?...

—Él no puede ser feliz así, Felipe. Nadie puede.

—Pero si él dice que es feliz, ¿cómo pueden decirle: "No, usted no es feliz", pa? ¿quién puede saber más de su felicidad que él?...

—Es que no se puede ser feliz con quien no se debe.

—¿Pero por… por qué no se debe, pa?

—¡Porque todo tiene un orden, Felipe. Un pájaro no se puede enamorar de un gato; ¿cómo puede ser feliz con un gato?!

¡¿Un pájaro?!: por Dios

—…

—…

—Los pájaros no son felices ni tristes. Solo son pájaros.

—Eso no es lo que cuenta… Él puede creer que es feliz y estar equivocado, ¿no ha pensado en eso?

—¿Y…? —maldición: ¿por qué tendría que pensar en eso?

—Puede estar equivocado y no darse cuenta, Felipe. Él es muy joven y puede no darse cuenta.

Sí, claro: es tan jovencito que ni siquiera ha aprendido a caminar… ¡Y por eso se la pasa en cuatro: me da risa!

—…

—Vea, Felipe: a su edad hay cosas que todavía no se pueden entender. Y a su edad se es muy ingenuo, y este mundo está lleno de gente depravada que se aprovecha de eso para hacer daño…

¿Gente depravada? ¡Maldición: ¿Leonardo?! ¡¿Está hablando de Leonardo?!… Dios mío…

—…

Ah, es mejor callarse, Felipe…

—Nadie le está diciendo a ese muchacho que no sea feliz —"a ese muchacho": por qué no le ponemos nombre de una vez a ese muchacho… ¿Y para qué?

—… Él puede ser feliz todo lo que quiera, Felipe; pero no haciendo daño… como un delincuente.

—…

—…

—Él no está haciendo nada malo. Yo solo sé que se enamoró.

—¡Por Dios!

—Pero, pa, ¿cómo puede hacerle daño a nadie, si solo se ha enamorado? Yo no entiendo, pa.

—¡Hay mil cosas que usted no entiende!

Maldición: ¿por qué tiene que gritar?

—…

—A su edad no se pueden entender… Además, uno no se enamora a esa edad. Enamorarse es algo serio.

—Pero usted y ma…

—¡Sí, ya sé! Pero es distinto. Además teníamos veinte años cuando nos casamos.

¡Casarse!: ¿qué tiene que ver eso?…

—Ustedes eran novios desde niños…

—¡Es distinto, Felipe! Gabriela y yo… Yo podía amarla a ella porque… porque es natural. Pero… ¡Dios!… ¡¿Usted sabe de quién se enamoró ese muchacho?!

¿Pero por qué tiene que gritar, pa?…

—…

—¿Usted se ha puesto a pensar en eso, Felipe?

—…

—¡¿Usted-sabe-*de-quién*-se enamoró él?!

—…

—…

—…

—Él no se enamoró de un gato.

2

Una y tres... Así que me he volado de mi casa: ¡ni yo me lo creo!

—Cojines. Viseras del Santa Fe... Vea: también tengo del Nacional.

—No tengo —Ni siquiera para una gaseosa tengo...

—¡A trescientos los cojines, doña!

A trescientos los cojines. Y esta señora le está comprando cuatro: yo debería vender cojines y cosas en el estadio como este muchacho. Con cinco mil que hiciera tendría para la semana. Y si además vendiera garguerías en el colegio... (Uff: este sol me está matando).

Si tuviera un principal podría comprar carros estrellados para renovarlos: eso sería un negocio. Solo reparando me haría mi plata en dos patadas. Pero no podría estudiar más, porque tendría que emplearme en algún taller mientras monto el mío. Eso sería terrible: es mejor vender dulces para que nadie lo humille a uno: a los empleados todo el mundo los humilla. Además, si acaso, me recibirían de herramientero, porque quién va a creer que yo sé de carros: a uno nadie le cree nada… Y a la final, lo que yo quiero es hacer películas, no arreglar carros. O jugar fútbol: eso también… ¡Comer algo es lo que quiero porque el estómago ya me está haciendo escándalo!

—Cómpreme la visera, mono.

¡"Mono"!: sobre todo.

—Es que no tengo.

—Solo cien. Vea: para que no le caiga el sol en el ojo. De verdad: si tuviera con qué le compraría una.

—…

—¿Una pelea, o qué?

—¿Qué cosa?

—¿Se los dejaron así en una pelea?

—Ah, no. Me cayó ácido.

—¡Uy: una hijueputada!

—Jmm.

—¿Se va a quedar ciego?

—No sé —Hagámonos los trágicos con este pela-do—… Parece que sí.

—Ah, qué cagada. Una vez yo me estrellé contra una puntilla y casi me saco un ojo también. —¿"Me estrellé contra una puntilla"?—. Pero no me lo taparon ni nada.

—…

—Se me puso como un huevo, así de negro el hijueputa.

Qué lengua. Esta juventud está francamente perdida, como dice mamá. ¡Estamos!, francamente.

—¿No le hizo nada el médico?

—Me enyesó una pierna.

Ahora sí me mató.

—¿Una pierna?

—Es que mi mamá me encendió a patadas para que no andara por ahí gamineando. Porque yo estaba jugando en la calle y por eso se emputó y casi me mata... ¡A quinientos los banderines, don!

Yo no entiendo: ¿por qué tienen que andar pegándole a uno! Habiendo tanta gente que sí se lo merece. Y ni aun así: nadie debería pegarle a nadie. En una pelea sí, porque se entiende. Pero pegarle a alguien porque sí, por cualquier cosa... O porque no tiene manera de defenderse: sobre todo por eso. Como cuando se aplasta un bicho, y el bicho no puede hacer nada. Solo dejarse aplastar.

—Estos tipos barrigones nunca le compran nada a uno. Yo no sé cómo entran a ver un partido sin llevar siquiera una banderita. Les falta corazón.

Sí...

—O les falta plata, como a mí.

—¿Cierto?... también les falta plata. Pero los bogotanos no tienen corazón.

Otro que se la carga a los bogotanos. Yo siempre se la ando cargando a Leonardo, por lo menos.

—Usted es paisa, ¿cierto?

—De Medellín, hermano.

Con razón.

—Yo también soy de allá.

—¿Verdad? No parece.

—¿Y qué me falta, pues?

—Ah, yo no sé…

—…

—Usted es como muy callado.

Qué noticia… Una y siete: ¡ya no demora Leonardo!

—…

—¡Viseras contra el Astro, banderines!

"Viseras contra el Astro": hace siglos no escuchaba eso. Medellín, hombre…

—¿Usted en qué barrio vivía?

—En el Castilla. ¿Conoce?

—Pues claro; ahí vive Higuita, ¿no?

—Ah, yo me conozco con René. Mi hermano jugaba con él en el barrio.

—¡¿Sí?!; ¿su hermano también juega en un equipo?

—A mi hermano lo mataron.

—Ah…

—…

—… ¿Por qué lo mataron?

—Quién sabe…

—…

—El hombre es un bacán. Está que nada en billete; pero es un bacán.

—Quién.

—Higuita… Póngale cuidado que yo también voy a tener plata, hijueputa.

Sí, ojalá… Por lo menos se ve que es de los que se la rebuscan. ¿Será que estudia?: papá siempre dice que si uno no estudia está perdido; ¿le pregunto?... ¡No!: a mí

186

qué me importa. Sí me importa; pero de pronto me dice que a mí qué me importa.

—Pero no va a vender nada hablando conmigo…

—Casi no hay gente… está muy temprano. ¿Tiene horas?

—La una y diez, casi —La una y diez…

—En estico se pone bueno.

—…

—Usted es de billete, ¿cierto?

—¡Yo!: qué va. ¿Tengo cara?

—¿De qué barrio era?

—¿En Medellín?... del Boston.

—El Boston es un barrio bien, ¿qué vino a hacer a esta nevera?

—Mis papás que están locos. ¿Y usted qué hace por acá?

—¿Usted tiene papá?

—Sí… —me parece.

—Entonces sí es de billete.

Ya me va a hacer sentir como una rata.

—¿Usted no tiene? —… ¡qué pregunta más güevona!

—No… Ya llegaron estos policías a joder.

—¿…?

—¿Está esperando a la novia?

—Más o menos… A mi amigo.

—Ahh… ah, ya.

Ahora me escupirá en la cara. No debí decir eso. ¡Pero para qué se pone a preguntar!

—…

—Su papá no debería dejarlo salir con ese ojo así.
¡Vea, pues!

—¿Se ve muy mal?

—Parece un semáforo… Le duele, ¿cierto?

—Sí…

—Debería comprarme la visera: con este sol tan
verraco…

—Ando en la mala.

—…

—…

—¿Usted es del Nacional?

—Pues claro.

—Vea…

—No tengo plata, ya le dije.

—Ah, pues otro día me la paga: ni que estuviéramos bravos.

Uff: qué tipo tan buena gente.

—Pues gracias… Pero démela del Santa Fe.

—¡¿No dizque es del Nacional?!

—Sí, pero mi amigo es del Santa Fe.

—Ah…, un detalle para su amigo.

—…

¡Mi madre: qué descaro!... Pero voy a tener que ponerme otra vez un parche de todos modos. Será aguan-
tarme el dolor; al menos hasta volver a casa: porque
tendré que volver, ¡qué mierda!

—Parece un piloto…, un piloto tuerto.

—…

Tan raro este pelado: es todo buena gente. Qué lástima que ande tan llevado de la miseria: si uno tuviera plata para comprarle todas sus viseras… Pero al menos él se gana su plata, y nadie le joderá la vida. O ¿quién sabe? ¿Cómo se llamará?... Y es todo bonito.

—Yo me llamo Felipe.

—¿Felipe?..., así se llamaba mi hermano.

—…

—Felipe qué.

Felipe de Leonardo…

—Valencia Arango.

—Se quedó sin apellidos, pues.

—¿Cierto?

—…

—¿Por qué lo mataron?

—¿A Felipe?...

—…

—Le caería mal a alguien…

—…

—Medellín está negro.

—Bogotá también.

—Sí: todo el mundo se está matando.

—…

—…

—¿A usted le da miedo?

—Qué cosa.

—Morirse.

—… Sí.

—…

—¿Y a usted?

—… Siempre.

—Morirse pronto es cagada, ¿cierto? A mí me da miedo es no poder comprarle una casa a mi mamá. Yo quiero comprarle una casa.

—…

—O no ver más a mi novia: eso sí me da más miedo que el putas… Sin saber si ya se habrá conseguido a otro.

—¿Cómo se llama su novia? —¡Maldición: y a mí qué me importa!...

—Mariela…, ¿por qué me pregunta?

—No sé… Por preguntar.

—Preguntémonos, pues: ¿cómo se llama su amigo? Tan chistoso…

—Leonardo.

—…

—…

—Le toca a usted.

—Ah… ¿Mariela es bonita? —¡Uf: eso sí estuvo brillante!

—Sí…, a mí me gusta. ¿Y Leonardo?

—A mí me gusta.

—Debe ser pinta.

—¿Por qué?

—Los pelados bonitos siempre se consiguen pelados bonitos.

—Mariela debe ser lindísima entonces —… de verdad.

—¡¿Sí?!; vea pues. Cuando nos encontremos en Medellín, se la presento.

—Bueno… Ahora que llegue, yo le presento a Leonardo.

—Ah, pero nos tocará otro día: si me quedo aquí van a empezar a joderme los policías.

—¿Los policías?, ¿por qué?

—Yo no tengo licencia.

—Licencia de qué.

—De vendedor.

—¡¿Se necesita licencia para vender viseras?!

—¡Claro! Uno necesita licencia para todo… Menos para morirse, hijueputa.

¡Uff!…

—¿Y qué le hacen los policías?

—Sacarle la plata a uno. Mírelos: se les nota el hambre…

—…

Maldición: yo no les noto nada.

—Mejor me voy a andar: si me quedo quieto me la van a montar… Los policías deberían robar en otra parte.

—¿Por dónde va a estar?

—Por ahí… Saludes a su Leonardo.

—Claro.

—Se está muriendo por él, ¿cierto?

—Pues sí.
—Se le nota.
—En qué.
—En los ojos.
Malparido…

3

—¿Y se vino de Medellín solo para verme?

—No; iba para el mercado y me eché una pasada, nada más.

¡"Para el mercado"!: tía y sus chistes. Ella y papá son iguales.

—… ¿Cómo está Adriana?

—Estudiando… Tiene un novio.

—¿Sí?... Chévere —Vea pues: los novios están de moda—. Tan pollita y lo que chilla, ¿no?

—Ya tiene diecisiete años: me parece bien que se enamore… Además, usted no tiene autoridad para decir eso.

Parece que no son tan iguales ella y pa.

—¿De verdad usted y papá son hermanos?

—¿Por qué me pregunta esa bobada?

—Si Adriana fuera hija de papá ya la había masacrado.

—No exagere; Juan David no es un mulo.

Sí: estoy exagerando…

—Pero a veces lo parece. El sábado me dio un puño, y el domingo me pegó un repelo que casi me deja sordo.

—Pues bien hecho: ¿cómo es que se va a salir de la casa estando enfermo?

—Solo fue un rato.

—Un rato no fue. En todo caso no estuvo bien eso. De verdad; ni siquiera debí… ¡maldición!

—Pues… sí, no estuvo bien.

—… ¿Y cómo se siente?

—Ya no me duelen.

—¿Y de aquí?

—¿De dónde?

—Ah…, se me olvida que no está viendo. Del ánimo.

—… Terrible.

—… Gabriela dice que mañana le quitarán las vendas: podríamos irnos para Medellín el fin de semana.

¡"El fin de semana"!: cómo no!

—Le dijeron que me llevara a vivir a Medellín, ¿cierto?

—Nadie me ha dicho nada.

—…

—…

—¿Por qué tienen que hacer lo que les dé la gana con uno, tía?

—Nadie puede hacer lo que le dé la gana con nadie.

—…

—¡Sí!: me lo dijeron. Pero yo no voy a hacer eso. Solo quiero que descanse de todo esto… Además el lunes debe regresar al colegio.

—Sí… *el colegio*. El colegio está grave. Ayer vinieron los de mi curso.

—¿Una comisión de alto nivel?

—Algo así.

—¿Ellos le trajeron todas estas frutas?

—Sí, no se las vaya a comer.

—Demasiado tarde: estas uvas son una delicia.

—… También trajeron una tarjeta que está por ahí. Quién sabe qué barrabasadas me escribieron.

—¿Miramos?: me encantan las barrabasadas.

—Bueno.

—¿Y por qué está grave el colegio?

—Se han puesto muy pesados. El lunes mandaron a peluquear alto a todos los muchachos… Chistoso, ¿cierto?

—Estúpido, me parece… "Mejórate pronto, labios de fuego".

—¿Quién escribió eso?

—Patricia. ¿Será que a ella le gusta usted?

—No; ella es novia de Fabio. Todos dos vinieron ayer.

—Con razón; aquí dice: "Cuando se mejore de los ojos, voy a quemarle los labios". Y está firmado por Fabio.

—Maldito; lo voy a matar por eso.

… Fabio me contó que le prohibieron ser novio de Patricia dentro del colegio. Tan güevones: como si uno pudiera ser novio por ratos… Están de lo más mamones, me dijeron; sobre todo el prefecto. Claro. Pero Patricia me mató: dijo que a lo mejor por ahí había alguna muchacha embarazada; y que si yo sabía algo.

Como se dieron cuenta de que el viernes me llevaron a la prefectura y todo eso, piensan que yo debo saber algo. Y Maritza se puso a preguntarme por Libia… ¡como si yo debiera saber algo de Libia!: bien rara Maritza. Pero ahí mismo, Lucía me dijo que tan de malas lo de mis ojos: solo por decir otra cosa, claro… A la final, todos estaban rarísimos: hablaban de todo, pero como si no quisieran hablar de nada. Estarán convencidos de que voy a ser el papá del hijo que va a tener Libia; y a mí eso me parece de lo más chistoso. En medio de todo.

—Esto está divertido: "Tranquilo, Felipe, todavía puede ser madrina del equipo".

—Eso lo escribió Coloso, apuesto.

—Aquí dice Alberto.

—Alberto es Coloso.

—Tiene una letra preciosa; ¿por qué le dicen Coloso?

—Porque también tiene… —una verga grandísima—. No; no le puedo decir.

—¡Jmm!... "Sin ti las droguerías son un tormento. Lucía". ¿Qué quiere decir?

—Ah… es un chiste entre ella y yo.

¡Esa Lucía!: casi no halló la manera de contarme que el sábado se gozó al monito malacaroso, y que muy rico y todo. Pero que tenía un par de cositas para preguntarme, dijo… ¡como si yo supiera!... "Las droguerías son un tormento": ¿será que lo va a coger por deporte la descarada?...

—Aquí hay una hoja de cuaderno; pero está sellada con cinta pegante. Debe ser algo personal.

¿De Leonardo?

—¿Qué será?

—A ver… Parece un poema.

Ah, eso es de Leonardo. Si pudiera leerlo…

—¡Ábrala, tía!

—No: está sellada. Solo debe ser para usted.

—Con usted no me importa.

—Pues si quiere…

—…

—Sí; es un poema. ¿Lo leo?

—Sí…

—Dice… "Hoy he ido al mercado de pájaros / y he comprado pájaros / para ti, amor mío. / Hoy he ido al mercado de flores / y he comprado flores, hermosas flores, / para ti, amor mío. / Hoy he ido al mercado de hierros / y compré cadenas, pesadas cadenas, / para ti, amor mío. / Y luego, he ido al mercado de esclavos / para comprarte. / Pero no te encontré / amor mío"…; es de Jacques Prevert. Qué bello.

—…

¡Maldición: como lo amo a ese hijueputa!

—¿Es de él?

—Jmm…

—…

—…

—…

—Papá le contó todo a usted, ¿cierto?

—… Sí. Y Gabriela me aclaró los detalles.

—Está enteradísima entonces…

—No…, no creo. Casi todo lo que he oído han sido bobadas. Aunque tengo que reconocer que Gabriela es una mujer muy cuerda.

—Ella no me ha reprochado nada.

—Tal vez… no sé, tal vez no haya nada que reprochar.

Ah… qué rico oír eso.

—…

—Parece que se quieren mucho…

—Sí, parece… —como de aquí hasta la galaxia de enfrente.

—… Yo creo que eso está bien.

Eso sonó como a ¡qué le vamos a hacer! En el fondo tía… o quién sabe.

—¿A usted no le molesta?

—Nnno. Yo me imagino todo y… me parece bello. O sea, yo me imagino al otro muchacho, y lo imagino hermoso…, y los veo a ustedes dos juntos: y entonces todo me parece bello. Y limpio.

¡Ufff!

—…

—Pero me pone un poquito triste también. Imaginarlo me pone triste. Es muy curioso.

—Pero… O sea —¡Dios! —… ¿Por qué triste, tía?

—No sé. Yo pienso que no tengo por qué ponerme triste; pero me pongo triste de todos modos, no sé por qué.

—… Lástima.

—Pero eso no tiene por qué preocuparle a ustedes —"a ustedes": qué chévere—… En el fondo lo que siento es un poquito de envidia.

—¿Envidia?

—Yo ya no tengo dieciséis años para enamorarme teniendo dieciséis años.

—¿Y con Adriana le pasa igual?

—… No. Con Adriana no me pasa. Creo que no.

—…

—Sí: no debe ser envidia entonces. No sé qué sea realmente.

—…

—…

—Todo eso se pone tan raro, tía… como complicado todo.

—La vida no es sencilla.

—¡Jm!... Eso mismo me dijo Leonardo.

Más o menos: "¡Y a usted quién le dijo que esta vida era fácil, Felipe!", así me lo dijo. Eso me hizo sentir como un idiota. Generalmente me siento como un idiota… Pero Leonardo me hizo sentir como un idiota.

—¿Quién es Leonardo?

—Mi amigo.

—Ahh…

—Nadie sabe que él es mi amigo.

—Sí, por fortuna: Gabriela me contó lo de los cuadernos y lo del celador ese… debe ser un tipo muy interesante Leonardo.

—No es un tipo. Tiene diecisiete años.

—Es un tipo de diecisiete años… Que lee poetas franceses.

—Sí… lee poetas.

—Es un poema precioso este —"fui al mercado de esclavos": eso me mata—… Y muy duro. Él debe estar extrañándolo mucho; ¿hace cuánto no se ven?

—Cuatro días. Desde el domingo.

—Ah, lo del domingo fue por ir a verlo.

—Sí.

—¿Y no vino ayer con sus amigos?

—No… Pensará que estoy enojado con él.

—Mmm: pasó algo el domingo, ¿cierto?

—Una bobada.

De verdad, fue una bobada: solo que me contó que él no vive en su casa. Que vive con un tipo, me contó. No un tipo. Sino un amigo. Un tipo que es un amigo, como dice tía. Además un tipo de veinticinco años no es un tipo; a menos que tenga barriga: los tipos siempre tienen barriga. Y pelos… Y Leonardo pensará que yo estoy enojado con él por eso. Yo creo. Porque no le dije nada cuando me lo contó. Ni después…: ¡pero qué le podía decir! Y cómo iba a enojarme, si antes de soltármelo, me había dicho que yo ya no lo iba a querer. Como mil veces lo dijo… Leonardo siempre me dice eso: "Usted un día no me va a querer, Felipe". Y yo me enamoro más de él cada vez que me lo dice: él sabe que yo me enamoro más… ¡Bien astuto Leonardo!

—¿Y sí está enojado?

—No, yo…

¡Yo no sé cómo estoy! Enojado, no. Pero los celos, claro… ¿Y celos de qué, si él no ama a ese tipo? Leonardo se lo come y todo, pero no lo ama. Sí lo quiere, claro. Pero si él se fuera, Leonardo no se pondría triste: así me dijo. ¡Además a mí qué me importa con quién viva!… yo no quiero enojarme con mi amigo.

—No deberían disgustarse. No ahora.

—No… O sea: yo no estoy disgustado…

¿O sí?: en el fondo me dan deseos de bajarle el pantalón y darle como azotes por su culo… Pero después abrazarlo. Y besarlo mucho… ¡Me veo grave con esos deseos! Dios, pero sería delicioso.

Si estuviera con él.

—No quiere hablar de eso, ¿cierto?

—… Yo solo quiero estar con él: no hallo la hora de que sea ya lunes para estar con él.

—¡Pues podría llamarlo! ¡Tan bobo!

—No ve que no tengo el número.

—Ahh…

Nadie tiene el número de Leonardo.

—… Él es hermoso, tía.

—Me-muero de ganas por conocerlo.

—¿Quiere… quiere verlo?

—¡Sí, ¿tiene fotos?!

—No. Pero tengo un dibujo… Está entre el libro de Miguel Ángel.

—Entre *mi* libro de Miguel Ángel. A ver…

Qué pena con tía: yo no hago más que robarle los libros.

—…

—Debe ser una maravilla para estar entre Miguel Ángel.

—…

—¡¿Es este?!

—¿Cuál?: no estará mirando a uno de los muchachos de la Sixtina.

—Tiene un buzo sobre los hombros.

—Sí, él es.

—Pues sí: no podría estar en otro libro realmente.

—¿Cierto?

—Parece de mentiras.

—Lo dibujé de memoria.

—Dios: de verdad está enamorado mi sobrino… Habrá que verlo en persona: el amor todo lo magnifica.

—Sí… —Qué rico que le guste—. ¿Y por qué estamos hablando tan bajo, tía?

—No sé… Estaremos en la parte intrigante de la película.

—Seguramente.

—¿Y cómo va su película?

¿Mi película?… Mmm: verdad que yo le conté…

—Por los laditos va. A veces he hecho bocetos. Como los de su libro de Einstein.

—Eisenstein.

—Eisenstein… ¿Será que puedo hacerla?

—Con un poco de esfuerzo… En Colombia no es fácil.

—Sí…

—Pero nunca me ha contado de qué se trata.

—Es… como una historia de amor. Leonardo se burla: porque yo siempre le cuento cosas… como cosas que se ven, pero casi no me imagino cosas que se digan los personajes; y Leonardo dice que se necesita un libreto de las cosas que se dicen.

—Sí: un buen libreto.

—Yo sé. Pero es más difícil. Sobre todo cuando…; o sea: es una historia de amor, ¿no?, pero yo no me he podido imaginar que se digan cosas de amor, como decir "te quiero" y eso. Mire, tía, que pa y ma nunca se dicen que se quieren; y uno sabe que se quieren hartísimo porque, por ejemplo, anoche él la llamó al trabajo y le dijo: "Mira que está sonando *Adoro*…", en la radio, ¿no?: Y la llamó solo para eso. Pero ellos no hacen como en las telenovelas, que se sienta una pareja, y se ponen a hablar de su amor como una hora, y en el otro capítulo todavía están en lo mismo, diciéndose "te quiero", como si no tuvieran más que hacer.

—Yo también digo "te quiero"…

—Sí…, pero eso es en la vida, y yo lo…

—¿Leonardo no le dice a usted que lo quiere?

Ya va a querer averiguarme la vida mi tía. A la final…

—¿Leonardo?..., pues sí. Pero no como si fuera la gran cosa… Yo estoy hablando con él de algo, y de pronto me dice "y como yo a usted lo quiero", y sigue hablando de otra cosa. Pero… no se le ponen raros los ojos. Ni le salen corazoncitos del corazón y eso.

—…

—En serio, tía… Es que, cuando imagino cosas que se dicen en la película, yo siento como si fueran bobadas. Como si fuera una película mala.

—¡Ay, sí!: nunca vaya a hacer una película mejicana.

—¡Qué tal!… Yo le dije a Leonardo que escribiera el libreto. Él sí sabe. Porque yo pienso en una escena en que un señor está peleando con la esposa, o unos muchachos que están hablando en una esquina; pero no sé por qué están peleando los esposos, solo se gritan cosas, pero no sé qué cosas; y los muchachos están hablando de novias, pero yo solo imagino que uno se está arreglando el cordón de un zapato y el cordón se le rompe, y otro tiene unas monedas en la mano y se le caen las monedas, entonces otro se las quita y pelean de mentiras; pero están hablando de novias y hay uno que no habla porque todavía no tiene; y yo solo veo eso: que hay uno que no habla. O sea, yo: sé todo lo que pasa, pero no sé lo que dicen…, algo así. En cambio a Leonardo sí se le ocurren cosas para decir: una vez le conté la última escena, y al otro día me llevó un librito… ¡más bonito, tía!

—Sí, debe gustarle escribir. Me imagino que querrá ser escritor.

—¿Leonardo?: no; él quiere ser veterinario.

—¿Veterinario?

—Sí; está loco, ¿cierto? Él tiene una vaca que le regaló el papá… —"Yo solo voy a ver a mi vaca", me dijo—. Yo creo que quiere más a la vaca que al papá.

De verdad. Al menos yo sí la querría más…

—Lástima. Yo ya me lo imaginaba despeinado y con gafas.

—No tiene gafas. Despeinado sí es; como en el dibujo… Todo el mundo piensa que él va a ser algo como de libros. La profe de español vive más enamorada de él.

—Yo también me estoy enamorando de él —Chévere—… Pero sí debería estudiar algo de libros.

—Sí. Con tal de que escriba el libreto… El otro día me dijo que por qué no hacía una película muda, con letreritos y todo eso. Que sería bonito una historia de amor muda: porque el amor no tiene ruidos, me dijo.

Eso me gustó.

—De verdad me gustaría conocer a Leonardo.

—Yo le prometí que un día iba a llevarlo a Medellín para mirar sus libros de pintura. Puras disculpas, claro: yo solo quería presentárselo a usted.

—¡Llévelo! Ya pronto saldrán de clases: podrían ir en vacaciones.

—Quién sabe…, voy a decírselo. ¿Y si no le gusta a tío?

—Si no le gusta, me divorcio… ¡Cómo no le va a gustar! Otra vez estamos hablando bajo…

—Sí: no hay que hacer ruido con Leonardo, ¿cierto?

—Cierto. Es mejor que nadie se entere de que Leonardo es su amigo; no sea que a él también le armen un lío: ya suficiente tienen.

¡Si a él se lo armaron hace tiempos!… Y tuvo que irse de la casa y todo Leonardo. "Me sacaron lo que se dice a patadas", me dijo. ¿Por qué tenían que pegarle esos hijueputas?… los hermanos y todo… ¡maldición!

—La gente no hace más que golpearlo a uno…

—Por qué dice eso…

—Por… —No: no hay que decírselo a tía. No hay que hacer ruido, Felipe—, por nada.

—Tiene que estar tranquilo.

—…

—Y no tiemble más ese labio que me pone nerviosa. ¿Por qué tiene que hacer eso siempre?

—Yo no sé… Debe ser falta de vitaminas.

—¡Entonces vámonos a conseguir vitaminas!: ¿por qué no salimos a comer algo?

—¡¿Pizza?!

—Las pizzas no tienen vitaminas… ¿o sí?

—No sé.

—Preguntémosle a Gabriela: ella sí sabe de esas cosas. Y ya no hablemos más bobadas: vamos a comer algo por fuera…, y nos estamos callejeando el resto de la tarde.

—¿Trajo su carro?

—Sí. Lo traje para que Juan David me lo revise; ¿no pensará que vine solo a verle la cara a usted?… ¿Dónde hay una chaqueta?

—Debe estar sentada sobre mi ovejera.

—Sí…, ¡qué desorden de cuarto!

—…

—Tenemos que invitar a Gabriela. Va a decir que no puede porque hace un rato me contó que debería salir a no sé qué cosa y luego se iría para el trabajo…, pero invitémosla de todos modos. ¿Va a ir con ese pantalón?

—Sí. ¿Me lo cambio?... A Leonardo le gusta este pantalón.

—No: si a él le gusta, está bien… A todas estas: ¿a qué hora salen de clases en su colegio?

—A las seis y media; ¿por qué?

—Por nada. Se me ocurrió que podríamos ir por Leonardo y llevarlo a comer pizza. Pero no sé si usted quiera.

—¿Usted haría eso? Yo sí quiero.

¡Maldición: yo no quiero otra cosa!

—Pues claro que lo haría. El único problema es que todavía es temprano. Pero podríamos ir a comer helados al mirador, y luego usted me acompaña a hacer unas vueltas, mientras tanto, ¿qué le parece?

—Sí… me parece. Usted es una alcahueta, tía.

—¡¿No es una maravilla?!... Vamos pues. Cuidado se golpea con la puerta.

… Maldición: qué se hizo esa puerta.

—¿Dónde está el mundo, tía?

—Un paso más y lo agarra.

Parece que alguien le estuviera corriendo a uno las cosas, es terrible… ¡Aquí está la maldita!

—Tiene que contarme todo lo que pasa en esa película suya.

—En esa película no pasa nada.

Porque yo a veces pienso: ¿y si cuando él se decide a llamarla para decirle su amor, los ladrones de relojes no le dejaran marcar el número, si lo mataran antes de saber que ella también lo ama, o si ella no lo amara pero de todos modos nunca lo supiera porque no alcanzó a marcar el número; y entonces él tuviera que morir así, sin haber sentido ninguna alegría o ningún dolor?... Sería un final buenísimo.

Pero, claro: a nadie le habría gustado ver esa película. Porque de qué hubiera servido vivir dos horas mirando los sueños de él por amarse con ella, tantos deseos de besarla toda, de verle arrugarse la piel mientras envejecen juntos, si la película termina y nadie sabe si se amarían o no. Eso sería como para querer romper las sillas.

Pero también pienso: si él se muriera así, antes de marcar el número, y allí apareciera el letrero del FIN: la gente en el teatro empezará a enojarse, claro; pero supongamos que entonces el letrero y toda la pantalla se ponen borrosos, como se ponen borrosas todas las pantallas en la penumbra de los teatros cuando se encienden las luces, solo que las luces no se han encendido, y a la gente ya se le pasa la bronca, porque resulta que este letrero del FIN es el del final de una película dentro de la película; y ahora la cámara se aleja, como si se la estuviera chupando el proyector, y aparece toda la sala del cine, la pantalla con sus letreros borrosos, la gente levantándose de sus sillas para salir a la calle: y un muchacho jovencito que ha estado mirando esa película, solo en medio de toda esa gente. Así que la película sigue, y ahora el protagonista es este muchacho que sale del teatro a la calle y camina, como cuando no se va para ningún lado, hasta que encuentra un teléfono en una esquina y se pone a hacer la fila. Entonces no importará saber quién es él: solo es un muchacho que ha visto la primera película y ahora hace la fila en el teléfono; y no importará saber a quién va a llamar, porque uno ya supone que el número que está marcando es el número de alguien que él ama, y uno ya supone que lo que él le está diciendo son cosas de amor, aunque no se escuche lo que dice porque hay mucho ruido en la calle, y porque él habla muy bajo (y yo digo que él debe hablar así: muy bajo: porque las palabras de amor solo suenan bellas cuando se las dicen entre ellos los enamorados y están solos; pero cuando se las dicen en una película suenan chistosas y casi feas; a menos que se las digan en una buena película, pero yo no sé si mi película vaya a ser buena)... El caso es que este protagonista ha hecho la llamada que no pudo hacer el otro protagonista. Ahora cuelga el auricular, se da vuelta y, ya se sabe, detrás de él hay unos tipos de mala cara, como la cara de los asesinos de la primera película. Ellos le preguntan la hora, y él les dice: "8 y 16"; pero se los dice con el gesto más feliz de este mundo: como si todavía no fuera la hora de morirse. Y allí mismo la cinta se congela, y aparece el letrero del FIN de la película de verdad...

Ese sería un final malísimo: solo para que la gente no rompa las sillas. Pero no importará, porque ya se habrá visto el final bueno: el final donde la muerte llega a cualquier hora, sin importarle que uno no haya vivido su vida: como es la muerte de los niños, como la que mató a Hugo. O como la que podría llegarme un día de estos a mí, y dejarme muerto: solo para que mi cuerpo se pudra, y Leonardo ya no pueda besarme…

Yo no sé… la maldita muerte.

Y tía diciéndome que no le gusta que muera el muchacho, no le gusta que yo piense en esas cosas, me dice; sí: ya sabemos que Hugo se murió. "Hugo y todo el mundo se va muriendo", le digo. Sí: todo el mundo, ya sabemos; ¿pero para qué tengo que fijarme en eso?, si yo soy muy joven; yo no debería…, "casi un niño", me dice. Y claro: como esta vida es algo que solo le ocurre a los viejos: ¡seguramente!, me digo: "Si para enamorarse, y para vivir, y para morirse, y para todo tiene que estar uno viejo, según parece: deberíamos nacer todos de treinta años, entonces…: yo no entiendo nada". Pero tía empieza ahora con que los noticieros: deberían censurar los noticieros, que las muertes se sepan solo después de medianoche. "Sí: que la gente solo se muera en los noticieros", le digo yo por burlarme (¡qué más puedo hacer!). "Sí", me dice ella como si se hubiera enojado (pero linda): solo en los noticieros y no en mi película, "no en una historia de amor", me dice. Y yo mejor me quedo callado porque tía va manejando su carro y uno no debe distraer a los conductores.

—Es que si él no muriera al final, se dañaría la historia.

—Pero me parece que puede ser una buena película solo con esas escenas sensuales que me ha contado.

—Ni siquiera son cosas que ocurran: solo son sueños de él por estar con ella.

—No importa. Podría ser buena una película muy sensual, aunque no hubiera historia.

—Ah, pero para eso podría solo hacer unos cuantos dibujos, y colgarlos en la pared.

—Sí, es cierto… Pero sigue sin gustarme ese final tan trágico.

—No es trágico. Morirse no tiene nada de trágico: todos los días hay muertos por todas partes.

—…

De verdad: qué tiene eso de trágico. Las tragedias son cosas como de locura. Como de tipos que se meten los dedos entre los ojos o algo así. ¿Pero morirse?: nadie se agarra de los pelos por eso… ¿O sí?: la noche en que velaron a Hugo, el papá se puso a gritar "¡No te vayas!" como si él también se fuera a morir; y la gente no hacía más que ir a consolarlo, poniendo cara de muy tristes y todo, para que él se calmara: gritaba como un demonio, en serio. Pero: "¡No te vayas!"; por Dios, me dieron ganas de ir a pegarle una patada para que ya no dijera eso: ¡como si Hugo pudiera devolverse!

Yo no sé por qué a algunas personas les gusta portarse como si estuvieran en una película mala. A todo el mundo le gusta, mejor dicho: cuando le dije a Libia que no la quería, ella me hizo lo que se dice una escena.

Se puso a llorar y todo. O sea, no lloró, sino que parecía como si fuera a ponerse a llorar; como si quisiera tener ganas, más bien, porque yo creo que no tenía ni un poquito. De todos modos me dijo que yo era un miserable, y que cómo me atrevía a jugar con sus sentimientos, y esas cosas. Yo no sé para qué me dijo eso. Ella tenía razón, claro, porque francamente yo fui muy miserable; pero: quién, más que yo, podría saberlo. Además ya le había dicho que me perdonara (yo no quería que me perdonara, ni nada, pero de todos modos se lo había dicho). Para completar, al otro día me entregó unas fotos y una tarjeta de Snoopy que le había regalado; y que no quería verme nunca más, me dijo. Eso me mató. Cómo iba a hacer para no verme más si estudiamos en el mismo salón: ni siquiera me sentí como una rata.

En el fondo todo eso fue muy gracioso. No es que tuviera nada de gracioso: ver a alguien haciendo cosas como si se las estuvieran filmando me produce dos o tres retorcijones en el estómago. Pero a Libia todo se le ve gracioso: porque ella es muy linda... de verdad: yo no sé cómo no me enamoré de ella.

Pero yo digo: cómo podría enamorarme de Libia, si yo vivía enamorado de Leonardo... Esta vida es tan rara: ¿por qué se enamorará uno de alguien? O sea: ¿por qué me enamoré de Leonardo y no de Libia?, ¿y por qué se enamoró Fabio de Patricia y no de Leonardo?, ¿y por qué se enamoró Carlos de Maritza y no de mí, o de Lucía?... Eso sí no lo entiendo: ¡cómo no me he enamorado yo de Lucía! ¿O sí? Tal vez sí; porque yo a Lucía la quiero mucho: a mí me gusta que ella esté bien, y cuando ella está triste a mí me parece que yo también estoy triste, y todas esas cosas. Con Libia no sentía nada de eso, por lo menos. Libia solo es… como linda, como toda suave: a uno siempre le dan ganas de coger a Libia y metérsela debajo del saco. Lucía también es un poco así. Todas las mujeres son así cuando son lindas: a mí me parece. Pero Lucía es más chévere. Yo no sé por qué, pero es más chévere. A veces yo estoy por ahí callado (porque yo siempre estoy por ahí), y Lucía viene a cogerme de la cintura, me pone la frente sobre el pecho y me dice "Todos estamos tan tristes, Felipe", (así, exactamente, es Lucía); y entonces yo la abrazo durísimo y los dos nos morimos de la risa. Además ella es como mi cómplice. Es casi como Carlos. Solo que a mí no me dan ganas de abrazar a Carlos, ni nada. Pero tampoco me dan ganas de abrazar a Lucía, ahora que caigo en cuenta… ¡Ah, yo no sé: yo solo quiero abrazar a Leonardo!

¿Por qué tendré solo deseos de él? Como si no hubiera más nadie a quien desear… Y si Leonardo no hubiera entrado el año pasado al colegio, me pregunto; o si yo nunca hubiera venido a vivir en Bogotá, o si cualquier cosa: ¿cómo hubiera hecho yo para encontrarlo? Ahora estaría solo como un demonio, yo creo. O estaría enamorado de Lucía. O de Carlos…

Esta vida parece una moneda echada, a la final. Porque todo llega porque sí: como a la suerte. Yo a veces pienso: mamá quedó preñada una noche, y después nací yo; ¿pero si se hubiera preñado a la noche siguiente…, o si papá nunca la hubiera amado, o si abuelo hubiese muerto antes de nacer papá?... Me da risa: ¿y si Colón nunca hubiera descubierto América, o si Dios se hubiese quedado dormido el sexto día y después no se hubiera acordado de hacer a sus muñequitos?... Maldición: cualquier cosa puede ocurrir cuando una moneda cae, es terrible. Y así con todo: como con el amor. Yo nunca dije "voy a enamorarme de Leonardo". Yo solo me enamoré de él... Y es tan raro eso: cómo se le va metiendo a uno el amor así: como a escondidas, despacio: como si fuera a doler. Debe ser porque la belleza golpea muy duro, yo creo. De verdad: uno está por ahí tranquilo, y de pronto Leonardo se para enfrente con toda esa hermosura; y uno se queda quieto, sin poder mirar a otro lado: como muerto; y entonces con qué fuerzas hubiera podido yo soportar toda esa felicidad que se viene encima cuando por fin Leonardo se ha echado sobre mí para besarme, si no lo agarrara a uno el amor así de fuerte. Pero así de suave: como si nada...

—¿Qué pasa?...

—¿Cómo?

—Se le está derritiendo el helado —Esta risa de tía me encanta—. ¿Por qué movía así las manos?

—¿Las manos?

—Parecía diciendo una recitación; ¿en qué pensaba?

—En —¿En qué estaba pensando yo?—... Se me olvidó... como en algo de Leonardo era.

—Qué goma con Leonardo, ¿no?

—... Ando muy gomoso, ¿cierto? Mejor hablemos de otra cosa.

—No: me gusta que hable de él.

—Sí, es chévere.

—…

—A Leonardo le gusta venir a este mirador conmigo. Desde aquí se puede ver el colegio.

—Hace un rato lo estoy buscando.

—Junto al lago. Es una cosa como roja: de ladrillos.

—… Pues no lo veo.

—Está más ciega que yo entonces.

—Sí… ¿Vienen muy seguido?

—Solo dos veces hemos venido. Lo mejor que tiene Bogotá son estos cerros: por aquí podemos…

—Podemos, qué…

—Besarnos y todo eso —Comernos como locos y todo eso.

—…

Maldición: no debí decirlo.

—Eso es lo que la pone triste, ¿cierto?

—¿Los besos?; no. No sé. No creo.

—Entonces por qué se calla…

—Estaba pensando en su película; y justamente…

—Qué cosa.

—… Pensaba en cómo sería si fuera una historia entre dos muchachos: si él se enamorara de un muchacho.

—… A veces yo he pensado eso. Sería chévere… Claro que Leonardo dice que no sería bueno; porque todo el mundo pensaría que es… como una historia de maricas. Y no una historia de amor.

—Sí… ¡Dios mío!

—¿Qué pasa?

—Nada. Es que siento… No, no me entendería.

—Sí le entiendo… ¡Por qué todo el mundo piensa que uno no va a entender nada, tía!

—Es que tampoco sé explicarle. Es… A ver: ¿por qué cree que voy a llevarlo donde Leonardo?

—Porque… usted es buena gente.

—Sí. Eso es lo que parece.

—¿Y no es?

—Sí, pero…, sí: yo quiero que estén juntos. Pero ahora me doy cuenta de que lo que más deseo es conocerlo… No realmente conocerlo, sino… ver quién es el que lo besa a usted…, mirar quién es el que acaricia a mi sobrino y… No me explico el objeto de hacerlo.

—Sí: no tiene mucha gracia, ¿cierto?

—… Ha de ser esa manía de hurgar en la intimidad de los otros. Como si algo importante estuviera ocurriendo siempre en la vida de los otros. Y nos lo estuviéramos perdiendo…

—…

—Sobre todo si los otros son unos jovencitos. Entonces ya no se trata de algo de lo que nos estemos perdiendo…; sino de algo de lo que definitivamente nos perdimos…

—Jm… Pero no es malo que quiera conocer a Leonardo… ¿o sí?

—¿Malo?…: no, supongo. Solo siento que estoy utilizando las necesidades suyas para satisfacer las mías. Eso no es honesto.

—… ¿Y ya no quiere ir?

—Solo si a usted no le molesta.

¡Cómo me va a molestar!

—¡Claro que no!

—Bien… Tome esto, entonces.

—¿Qué es?

—Dinero, claro.

—¿Y para qué quiero yo dinero?

—Para que invite a Leonardo a comer algo. Yo los dejaré solos y luego pasaré a recogerlo… ¿No es una buena idea?

—Es… perfecta.

Ah, mi buena suerte es tener cosas como mi tía…

—Lástima que salgan tan tarde de ese colegio: no podrán estar mucho tiempo juntos.

Sí: qué lástima… Han de ser las cuatro, pienso: ahora estarán en el recreo. Y Leonardo andará por ahí extrañándome. Como yo… ¡Qué cagada que viva con ese tipo!: mi mala suerte son cosas como ese tipo.

… Si yo tuviera un dragón blanco y un castillo…, si yo tuviera una espada y un tesoro: iría a rescatarlo para que viviera conmigo en mi palacio; para que estuviera siempre conmigo y no con él…

¡Maldición, las cosas que harán juntos!: tal vez yo me esté perdiendo de algo importante, como dice tía. ¡De qué demonios me estaré perdiendo!...

Dios: qué frío hace en el mirador…

—Tía, ¿y si usted se hiciera pasar por un familiar de Leonardo?: usted podría entrar y pedirle al prefecto que lo dejara salir de clases… ¿No es una buena idea?

—Muy ingeniosa, sí… ¿En serio?

—En serio. Ni siquiera tendría que ir al salón, porque él va a estar a esta hora en la cancha.

—Realmente no está mal la idea… ¿Sí funcionará?

—Eso siempre funciona. Los familiares pueden sacarlo y meterlo a uno donde quieran.

4

—¿En dónde estamos?

—En la avenida Chile. Detrás de La Porciúncula, ¿se acuerda?

—Sí…

Cómo no voy a acordarme: aquí nos hemos encontrado dos veces. Dos veces ricas…

—Aquí hay una banca.

—¿Ya arrancó tía?

—Sí: qué tipa tan buena. Quedó en venir a las ocho: voy a tenerlo tres horas para mí solo.

—Sí. Vea…

—¿Qué es?

—Plata. Para pagar la cuenta.

—Guárdela: yo tengo. Además no me estoy muriendo por una pizza.

—¡¿Y qué quiere hacer, pues?!

—Nada… ¿Qué le pasa?

—Nada.

Por qué le estoy gritando entonces. ¿Qué me pasa?...
Si pudiera abrazarlo…

—Usted está muy raro.

—Yo no estoy raro.

—Como disgustado.

—Por qué voy a estar disgustado.

—No sé. Por lo que le conté el domingo, seguro.

—Yo no estoy disgustado.

—No parece.

—Yo no estoy nada.

—…

—…

Qué puto frío.

—¿Cuándo le destapan los ojos?

—Mañana.

—…

—…

—Usted anda enojado.

—No. ¿Por su amigo?

—Sí.

—No.

—…

—O sí… Yo no sé.

—Ya no me quiere, ¿cierto?

Maldición: ¿por qué tiene que decir eso?, ¡qué ganas
de besarlo, Dios mío!...

—…

—¡¿Por qué hizo eso, marica?!

—No sé. ¿Nos vieron?

—No sé. Parece que no.

—Lo… lo siento.

—No se ponga nervioso, fresco: nadie nos vio.

Sí: no hay que temblar, Felipe. Además nadie va a venir a pegarle a un ciego. Fresco.

—…

—…

—¿De verdad no quiere comer nada?

—Sí: a usted.

¡Uff!

—¿Pero en dónde?

—Donde vivo. Es un edificio a la vuelta.

—¿Y su amigo?

—No está en Bogotá.

—Ah…

—Casi nunca está en Bogotá.

¡Uy, qué bueno eso!… No me estoy perdiendo de mucho, entonces.

—Lléveme, pues.

—…

Dios, yo debería quedarme ciego. Así Leonardo podría echarme su brazo todo el tiempo. Y nadie diría nada.

—Le molesta que viva con él, ¿cierto?

—Sí… Pero ¿qué puedo hacer?

—… Nada.

Nada: yo no tengo un dragón blanco.

—…

—…

—¿Dónde tiene mis flores?

—¿Qué flores?

—Mis flores…, y mis pájaros.

—Ahh… En una parte se los tengo.

—¿Y mis cadenas?

—También.

—…

—…

—¿De verdad son pesadas?

—Como sesenta y siete kilos.

Este Leonardo es un bello. Definitivamente.

—Casi pesan lo mismo que usted.

—Sí… casi.

—¿Y me las va a poner?

—Jm: en todo el cuerpo.

—¿Cómo se llama?

—"Scherezada". Ssscherezada: con ese. ¿Le gustó?

—Sí… Su amigo es de billete, ¿cierto?

—Sí. Él es hijo de un socio de papá. ¿Por qué sabe?

—No, no sé. Suponía.

—Por qué…

—Por el equipo. Debe ser de lo más estereofónico ese equipo.

—Sí: aquí todo es de lo más estereo-tipado. Sobre todo yo.

—Jm… ¿Dónde es el baño, Leonardo?

—Espere, ya lo llevo. ¿Quiere escuchar otra vez "Scherezada"?

—Sí... no sé.

—¿O ponemos canciones de Mecano?

—Sí.

—...

—...

—Listo... Mecano me vuelve loco extrañándolo. Venga.

—... ¿Qué hora es?

—No sé. Las cinco y media, creo... Aquí hay una es...

—¡Maldición!

—Una escala... Usted es muy bruto para ser ciego, Felipe.

—Sí, hágase el pelota: me avisa cuando ya no se usa.

—Acá es.

—Qué rico huele...

—Son velitas de la India: a mí no me gusta... Aquí es la taza. ¿Se... se lo saco?

—¡No!, es que...

—¿Se va a sentar?

—Jm...

—...

—Ya váyase.

—¿No quiere que lo acompañe?

—¡Qué tal!

—Tan güevón.

—Es que me da vainita.

—¿Me llevo la chaqueta?

—Sí, por fa.

—Usted está lindo, Felipe.

—Sí, pero váyase.

—…

—Hágale, Leonardo…

—Sí, ya me voy…

—… Cierre la puerta, güevón.

… ¡Qué tal! Leonardo está loco: con lo triste que es sentarse uno en el baño. Claro que en este baño nadie podrá estar triste, yo creo. ¡Diablos… sí… debe tener plata este tipo!… Y la familia de Leonardo también. Pero a Leonardo no se le nota lo yupi. Es todo sencillo el Leonardo…

Dios, qué paradez la que tengo…, y qué ganas de comerme a Leonardo. Pero a él no le gusta: lássstima. ¿Será que ese tipo sí…? ¡No: si a Leonardo no le gusta!… Uff: pero hoy va a tener que gustarle, porque yo no puedo con estos deseos… Tarea para hoy: gozarnos a Leonardo como se pueda. Pobre Leonardo: le voy a meter todo esto en ese culo tan lindo.

Qué arrechera…

Sería chévere hacer una escena así en la película: el muchacho haciéndose la pajita así, despacio, por su amiguita. Pero solo le enfocamos la cara; porque, si no, la censuran: en el cine siempre censuran las cosas bellas. Y en todas partes… ¡Dios, qué deseos!

Quieto, Felipe…

Quieto: no vamos a casarnos ahora… Mmmm: qué rico se sienten los labios sobre las rodillas. ¿Por qué serán tan frías las rodillas?..., mordérselas es bien rico.

¿Y es que nos vamos a quedar aquí toda la vida, Felipe? Salgamos a darle más besos a Leonardo… Uff: esta cisterna suena como si se fuera a acabar el mundo: qué ruido. ¿El papel?... ¡Maldición!: debí decirle a Leonardo que me dejara un poco. ¿Estará en la pared de enfrente?... ¿Y dónde está la pared de enfrente, Dios mío? Debo parecer un gato así: en cuatro… como para el amor. ¡Aquí está el maldito papel!...

Yo debería lavarme: porque ahora Leonardo se va a poner a morderme como me muerde y si me muerde atrás, ¡puaj! ¡Dios, Leonardo no hace sino morderlo a uno! Y Felipe no hace sino morder a Leonardo, claro… Ahhh, qué rico que es hacer el amor.

Yo sentí el lavamanos por aquí…: aquí. Mojémonos bien para quedar bien limpios: qué fresquecita que está el agua. ¿Dónde habrá jabón?... ¿El jabón?...

—Más arriba…

—¡Mal-parido!, ¡usted no se había ido, Leonardo!

—No: el viejo y conocido truco. ¿Le ayudo?

—…

Este Leonardo es muy rata, en serio.

—Lo siento; no pensé que le fuera a molestar… Es que usted se ve tan bello así, güevón…

Sí: me imagino la belleza. No habrá sacado fotos también…

—…

—…

—Ayúdeme, Leonardo; que estoy varado…

—¡Contra la pared!

—¡¿Qué hace?!

—Es una requisa.

—¡¿Se volvió loco?!... ¡No me haga cosquillas!

—¡Cállese y abra las piernas!

—¿Y qué es lo que busca?, yo no tengo armas.

—Es para ver si tiene algún ciempiés por ahí escondido.

—No, no traigo nada.

—No le creo.

—Lo juro.

—Cállese.

—¡¿Qué le pasa, Leonardo?: los policías no le cogen a uno el trasero!

—¿No?

—Ni…

—…

—se ponen…

—…

—a dar…

—…

—besos en la…

—..
....
....

—¡boca!... Pffff, está bien: ¡arrésteme!

Los carros se escuchan muy lejos allá abajo. Cuando uno se asoma por las ventanas de estos edificios altos se ven tan pequeñas las cosas andando por Bogotá… ¡Qué ciudad fría esta!... Los carros se mueven como trocitos de mantequilla en las ollas desde estas ventanas. Y toda la gente parece como punticos en el televisor cuando se daña. Pero no hace ruido la gente desde los edificios altos: mientras más sube uno pisos, a Bogotá se le baja más el volumen…

Está tan tranquilo todo…

Dios, Bogotá está afuera; toda la vida enredada está afuera…

Solo cuando el disco se calla se escuchan los pitos entre dos canciones… ¡Qué voz la de la pelada de —Mecano—!... El ruido de la ropa también se escucha: los pantalones son un escándalo si uno mueve las piernas para que no se duerman debajo de las piernas… ¡Qué desorden la ropa cuando uno se ha revolcado tanto! Las camisas andan por fuera de las pretinas. Y las pretinas están abiertas. Y las manos se quedan metidas debajo de la ropa abierta… Qué rico es todo cuando solo escuchamos canciones, y nos quedamos quietos, hundidos en el sofá.

—¿Es que no le gustó lo de mi ciempiés?

—Sí. Me gustaba que le gustara.

—¿Pero a usted le gustaba?

—No sé. Se sentía escalofríos.

—Sí: se le ponía la piel de gallina… y se veía tan bonito.

—Usted es tan curioso con esas cosas.

—¿Yo?

—No: yo.

—¿Le molesta eso?

—¿A mí?: me encanta. Usted es un arrecho muy rico.

—¿Y por eso me quiere?

—No.

—¿Por qué me quiere?

—Y yo qué voy a saber.

—…

—Usted es bueno. Yo siento que usted es mi amigo.

—… ¿Y su otro amigo?

—Él es distinto: solo es un amigo.

—Pero vive con él…

—… No tengo donde más vivir, Felipe.

—…

—Además con él puedo trabajar y tener algo de plata.

—Sí… Pero… pero yo voy a conseguir plata y lo mantengo.

—… Chévere.

—En serio: voy a conseguir un principal para comprar un carro estrellado y lo renuevo y lo vendo… Y así empiezo.

—… Cuando venda mi vaca yo le ayudo.

—Pero usted quiere a su vaca.

—Para criarla y venderla, güevón. Yo no estoy enamorado de ella.

—Ah…

—… Sería chévere: a mí me amarga la vida vivir aquí. Me siento como un putáneo.

—Sí…, usted se lo goza a él, ¿cierto?

—Solo a veces.

—¿Y usted se…?

—Se, qué…

—Nada…

—¿Qué iba a preguntarme?

—Nada: una bobada.

—¿Si me dejo comer?

—Sí.

—No.

—… Chévere.

—…

—¿Por qué duele tanto eso, Leonardo?

—Qué cosa.

—Pensar que se lo coman al amigo.

—No sé.

—A usted también le pasa, ¿cierto?

—Sí.

—Tan raro: en cambio no me da nada que usted se lo goce… Casi nada.

—¿Y si yo le estuviera mintiendo?

—… Me haría el bobo.

—¿No me dejaría de querer, Felipe?

—Yo nunca voy a dejar de quererlo. Al menos esta noche.

—… Sí: al menos esta noche nunca me deje de querer.

—…

—…

—¿De qué se ríe?

—¿De qué se ríe usted?

—Ya no se ría…

¡Dios, cómo me moja Leonardo! Si pudiera verle la cara, Dios… Cuando él levanta mis piernas y me come así, se le ve la cara… Y me coge de los tobillos para que no me caiga, y allá arriba se le ve la cara… Es tan bonita, Dios mío…, y el copete se le cae todo como si hiciera viento, como si estuviera lloviendo, porque… suda tanto, y casi no se le ven los ojos debajo del copete todo regado sobre la frente, Dios… ¿Dónde estará su cara?... Se le aprietan tanto los dientes cuando me da más fuerte…, y se le aprietan los labios, y las mejillas le tiemblan, ¡y el copete arriba no se queda quieto… Dios!... Él abre tan bello la boca cuando se viene, cuando cierra los ojos porque se viene ¡y se ve tan feliz, Dios!, se ve tan feliz mi amigo cuando se viene… cuando me aprisiona las rodillas sobre los hombros para besarme mucho… Cuando me baja las piernas. Despacio. Y se echa sobre mí para quedarse quieto. Con todo su cuerpo. Que me moja tanto… Se ve tan feliz mi amigo.

—…

—…

—Usted no se ha venido, Felipe.

—Ahora me vengo… quédese así.

—…

—…

—Felipe…

—… ¿Quién es?

—Yo… ¿Todavía quiere?

—… Sí.

—…

—…

—Cómame, Felipe…

—¿Leonardo?...

—...

—L-e-o-n-a-r-d-o.

—¿Q-u-é-é?

—¿Le dolió?

—No.

—... Suerte de principiante.

—Claro que me dolió... Al prinicpio. Usted la tiene grande.

—Usted la tiene más grande.

—Sí: no tengo más remedio que admitirlo... ¿Le gustó?

—Hartísimo.

—Lástima.

—¿A usted no le gustó?

—Sí, es por molestarlo... Con usted todo es rico.

—...

—...

—Tan raro...

—¿Qué cosa?

—Su brazo...: parece más largo.

—¿Más largo?

—Sí... Es que empiezo por el hombro... y me demoro un resto para llegar a la mano. Es más raro.

—...

—¿Cómo harán los ciegos?

—¿Cómo harán para qué?

—Para todo...: para enamorarse, para gustarles alguien.

—No sé…

—¿Cómo será la belleza de los ciegos?

—¿Jm?... ¿Yo soy bello…, así sin verme?

—No sé. Es que a usted me lo sé de memoria. Todo lo suyo me lo sé.

—Olvídeme.

—¡Qué tal!... No, vea: sshhhhh…

—¿Qué es eso?

—Un dedo. Un dedo explorador que viene del país de los ciegos a… sshhh… explorar a este muchacho… ffffff…: desciende la nave: puf. Usted tiene que ser el informador.

—Bueno… ¡Pelotudo!: con las que se pone…

—Hemos caído en una zona selvática llena de plantas extrañas. Parece que llueve mucho por esta región, porque todo está mojado. Llevaremos una muestra de estos vegetales para estudiar…

—No me jale el pelo, güevón.

—Atención: hemos sabido que se trata de un bosque llamado pelo (qué bruto: eso se llama cabello, no pelo).

—Bruto usted que me los arranca.

—…

—…

—De verdad: ¿cómo haría un ciego para saber que usted es bello?

—Tocándome.

—¿Así?

—Jm.

—Ve: por aquí hay otro bosque.

—Sí, pero no le vaya a arrancar las matas.

—¿Cómo se llama este bosque?

—Es un bosque encantado.

—¿Sí? ¿Vive algún enano ahí?

—No. Vive un ogro.

—¿Un ogro?

—Un tipo grandísimo que le gusta comerse a los muchachos.

—¡¿Sí?! ¿Y es muy malo?

—No. Todo el mundo dice que él es malo, pero es mentira. Es un señor todo cálido y amable: cuando alguien llega al bosque, él se levanta para atender al visitante.

—… Pero yo como que le caí mal al señor porque… no…

—No, ¿qué?…

—Nada… Dios, sí que es amable.

—Lo que pasa es que él vive muy solo, y entonces le gusta que lo acaricien. Y que le den besos para no estar tan triste… Como yo.

—¿Sí?

—Jm.

—…

—…

—Pero ahora no está muy triste.

—Jm. Sí está.

—…

—…

—¿Por qué triste?

—… Porque se va a ir su amigo.

—…

—…

—…

—Te amo, Felipe.

—Ya sé.

—…

—…

—No se vaya.

—…

—…

—No me deje ir.

(para Diego)

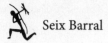 Seix Barral

España
Barcelona
Av. Diagonal, 662-664
08034 Barcelona
Tel. + 34 93 496 70 01
Fax + 34 93 217 77 48
Mail: comunicacioneditorialplaneta@planeta.es
www.planeta.es

Madrid
Josefa Valcárcel, 42
28027 Madrid
Tel. + 34 91 423 03 03
Fax + 34 91 423 03 25
Mail: comunicacioneditorialplaneta@planeta.es
www.planeta.es

Argentina
Av. Independencia, 1682
C1100 Buenos Aires (Argentina)
Tel. (5411) 4124 91 00
Fax (5411) 4124 91 90
Mail: info@ar.planetadelibros.com
www.planetadelibros.com.ar

Brasil
R. Padre João Manuel, 100, 21o andar –
Edificio Horsa II
São Paulo – 01411-000 (Brasil)
Tel. (5511) 3087 88 88
Mail: atendimento@editoraplaneta.com.br
www.planetadelivros.com.br

Chile
Av. Andrés Bello 2115, piso 8
Providencia, Santiago (Chile)
Tel. (562) 2652 29 10
Mail: info@planeta.cl
www.planetadelibros.cl

Colombia
Calle 73 N.º 7-60, pisos 8 al 11
Bogotá, D.C. (Colombia)
Tel. (571) 607 99 97
Fax (571) 607 99 76
Mail: info@planetadelibros.com.co
www.planetadelibros.com.co

Ecuador
Whymper, N27-166, y Francisco de Orellana
Quito (Ecuador)
Tel. (5932) 290 89 99
Fax (5932) 250 72 34
Mail: planeta@access.net.ec
www.planetadelibros.com.ec

México
Masaryk 111, piso 2.º Colonia Polanco V
Sección Delegación Miguel Hidalgo 11560
México, D.F. (México)
Tel. (52) 55 3000 62 00
Fax (52) 55 5002 91 54
Mail: info@planetadelibros.com.mx
www.planetadelibros.com.mx

Perú
Edificio Prisma Business Tower
Av. Juan de Aliaga 425 of 704
Magdalena del Mar, Lima (Perú)
Tel. (511) 440 98 98
Mail: info@eplaneta.com.pe
www.planetadelibros.com.pe

Portugal
Planeta Manuscrito
Rua do Loreto 16, 1ºD
1200-242 Lisboa
Tel. + 351 213 408 520, Fax + 351 213 408 526
Mail: info@planeta.pt
www.planeta.pt

Uruguay
Cuareim 1647
11.100 Montevideo (Uruguay)
Tel. (54) 11 2902 25 50, Fax (54) 11 2901 40 26
Mail: info@planeta.com.uy
www.planetadelibros.com.uy

Venezuela
Final Av. Libertador con calle Alameda,
Edificio Exa, piso 3, of. 302
El Rosal Chacao, Caracas (Venezuela)
Tel. (58212) 526 63 00
Mail: info@planetadelibros.com.ve
www.planetadelibros.com.ve

Grupo 🌐 Planeta   Seix Barral es un sello editorial del Grupo Planeta www.planeta.es